我孤独地漫游，

I
Wandered
Lonely

as
a Cloud

如一朵云

〔英〕**华兹华斯** —— 著

秦立彦 —— 译

华兹华斯抒情诗选
Selected Lyric Poetry of
William Wordsworth

人民文学出版社
PEOPLE'S LITERATURE PUBLISHING HOUSE

I Wandered Lonely as a Cloud：Selected Lyric Poetry of William
Wordsworth
William Wordsworth

图书在版编目（CIP）数据

我孤独地漫游，如一朵云：华兹华斯抒情诗选/（英）华兹华斯著；秦
立彦译.—北京：人民文学出版社，2021
ISBN 978-7-02-016821-7

I.①我… Ⅱ.①华…②秦… Ⅲ.①诗集—英国—近代 Ⅳ.①I561.24

中国版本图书馆 CIP 数据核字（2021）第 111478 号

责任编辑	张海香
装帧设计	刘　远
责任印制	徐　冉

出版发行　人民文学出版社
社　　址　北京市朝内大街 166 号
邮政编码　100705

印　　刷　北京盛通印刷股份有限公司
经　　销　全国新华书店等

字　　数　148 千字
开　　本　890 毫米×1230 毫米　1/32
印　　张　11
印　　数　1—3000
版　　次　2021 年 7 月北京第 1 版
印　　次　2021 年 7 月第 1 次印刷

书　　号　978-7-02-016821-7
定　　价　72.00 元

如有印装质量问题，请与本社图书销售中心调换。电话：010-65233595

目录

一篇少作①

整个大自然如静止的车轮般平和，

几头母牛俯卧于沾满露珠的青草；

我在经过的时候，只隐约看到

一匹马站立着，将傍晚的牧草嚼啮；

地面黑沉沉的；仿佛睡眠悄悄漫过

谷地，山峦，没有星星的高天。

现在，在这万物的一片空白里，

一种家中感到的，家所创造的和谐，

仿佛治愈了悲伤，而它一直从感官

获得新的养料；只有此时，当回忆

寂然无声，我才得到安宁。朋友们，

请你们克制试图减轻我痛苦的焦心：

就由我一个人吧；不要让我感觉

那多事的触碰，那会让我再度消沉。

10

①

此诗最早版本约作于

一七八八年末至一七九一

年。十四行，韵脚格式：

abbaacdacdeeae.

行走的老人

身体的平静与衰朽，一幅速写①

　　　　出没于篱笆的小鸟，
顺着道路啄食，并不理会他。
他朝前走着，在他的脸，脚步，
步态中，是同一神情；从他的四肢，
目光和佝偻的身形，都看得出，
他不是带着痛苦在移动，而是
带着沉思 —— 他驯顺而淡漠，
安于持久的平静：他仿佛已经
忘记一切努力，长期的忍耐
10　给了他这样温和的宁静，现在，
忍耐仿佛是一件他并不需要之物。
大自然引着他抵达了完全的平和，
年轻人们会羡慕地看着他，
而这老人对此几乎没有知觉。
　—— 我问他到哪里去，他此行
是要去做什么；他回答我说：
"先生！我要走很远很远的路，
去同我的儿子永别，他是水手，
海战之后被送到了法尔茅斯，②
20　正在那儿的一家医院里奄奄一息。"

① 作于一七九七年四月至六月。素体。

② 法尔茅斯（Falmouth）：英格兰西南一海港。

写于一株紫杉下的座位上^①

这株紫杉矗立于埃斯韦特湖边，

在湖岸一处荒凉的所在，

但从那里可望见美丽的风景。

①

约作于一七九七年

初。素体。埃斯韦特湖

（*Esthwaite*）：在英国湖区华

兹华斯少年时代求学的霍

克斯黑德（*Hawkshead*）。

—— 不，过客，请在此驻足，

这株孤独的紫杉树远离一切人居。

没有闪光的小溪让处处长满青草，

这些赤裸的枝干也非蜜蜂所爱；

但若有微风吹来，湖水泛起波纹，

涌向岸边，会带你入梦，那水波

并非空茫，而是有一种轻轻的冲动。

—— 我清晰记得堆垒这些石头的人

是谁，是他最早用生满苔藓的土块

覆盖它们，是他让这株古树　　　　　　10

将自己的手臂弯成环形的树荫，

而今它已荒芜。—— 他的灵魂

很不寻常。年轻时他的天才哺育他，

他踌躇满志地走进世界之中，

内心纯粹，已经准备好抵抗

堕落者的摇舌诋毁，嫉妒，仇恨，

还有轻蔑，他准备好抵抗所有敌人，

但他没有准备好抵抗冷漠。于是，

他迅速消沉，带着莽撞的蔑视离开，

独自以骄傲为食物，支撑着灵魂。　　　20

——陌生人，这些幽暗的枝干
吸引着他；他喜欢坐在这里，
他仅有的访客是一只离群的羊，
野翁鸟，或者左顾右盼的矶鹬。
他会低头凝视这些裸露的岩石，
它们只零星点缀着杜松，石楠，
蓟草，就这样一小时一小时过去，
他培育着一种病态的乐趣，在这里
看到自己此生一事无成的写照。
30 然后他会抬起头来，眺望着
更远的风景；你看这风景多么可爱，
他会一直眺望，直到那风景
变得愈加可爱，他的心无法承受
那愈加美好的美好。这时候，
他不会忘记那些人，他们因为
做了善举，所以心灵还是暖的，
对他们来说，这世界和人本身，
是同样可爱的风景；然后他会叹息，
悲欣交集，当他想到别人所感
40 他将永远无法感受到。这迷途的人！
他就这样以缥缈的景象滋养幻想，
直至泪水潸潸而落。在这深谷中，
他最终死去，这座位是他的唯一遗物。

如果青春的想象具有的神圣形态，

让你保持了一颗纯洁的心，

陌生人！从此警醒吧；你要知道，

骄傲，无论它的外表多么庄严，

等同于渺小；谁对任何生灵

感到蔑视，谁的某一些能力

就未曾得到运用，他的思考   50

就只是处于雏形。如果谁的眼睛

永远只看见自己，他看见的自己，

就不过是大自然最微不足道的作品，

只会使智者轻蔑，而在智慧看来，

永不应轻蔑。做更智慧的人吧！

你要明白，真正的知识引向爱，

真正的尊严只存在于这样的人身上，

他在沉浸于内心思考的静默时刻，

仍能怀疑自己，同时尊重自己，

怀着一颗谦卑的心。   60

[夜晚作]^①

　　　　　　天空笼罩着

一层厚面纱，是一整块连续的云，

全部被月亮映得发白，月亮刚出现，

一个朦胧的圆盘，但没有在地面

映出植物，塔，树的参差阴影。

最后，倏地闪现出一道亮光，

惊醒了那沉思者，他本来双目低垂，

向着地面。他四顾而望，云被撕开了

裂隙，在他头顶，他看到了

皎洁的月亮和重重天宇的光辉。

藏蓝色的天穹中，月亮扬帆前进，

无数的星追随着她，它们小而亮，

在阴沉的天穹发着锐利的光，

随月亮而行。它们的运转多么迅疾！

但它们并不消失。风在树间，

但群星寂寂无声。它们不息地运转，

遥远得不可测度，同时，天穹

被那些庞大的白云所围绕，

在不息地加深着它无边的深度。

最后，这异象结束了，心灵

①

约作于一七九八年一月。

素体。

006

被自己感到的深深喜悦所震动，

那喜悦慢慢落定，变为平静安宁，

而心灵仍沉思着那庄严的景象。

写于离家不远处

由我的少年交给收信人①

是三月最早的晴暖一天，
每一分钟都比之前更清和，
高大的落叶松立在我们门边，
知更鸟在树上欢歌。

空气里有一种幸福感，
仿佛欢欣雀跃，以拥抱
赤裸的树，赤裸的高山，
青草地上的芳草。

妹妹！我们的早餐已吃过
（我心中有一个愿望），
快放一放你清晨的劳作，
到外面来，感受太阳。

爱德华将会与你一起，
快穿上你林野的衣衫，
不必拿书，我们要把这一日，
全部交付给悠闲。

① 作于一七九八年三月。每段韵脚格式：abab。一八四五年后，此诗题目改为《致妹妹》（To My Sister）。诗中的少年爱德华（Edward）指巴兹尔·蒙塔古（Basil Montagu）的儿子。

刻板的形式将不会操控

我们活生生的日历；

那么，朋友，就让我们

以今天标记一年之始。 20

此刻，爱在处处诞育，

在心与心之间悄悄传播，

从大地向人，从人向大地，

—— 这是感受的时节。

我们从这一刻获得的馈赠，

将多于五十年的理智；

我们的心灵将从每个毛孔，

啜饮这季节的气息。

我们的心将立下无声的律法，

并把它们长久恪守； 30

这即将开始的一年生涯，

将从今天获得其节奏。

那美好的力量在各处，

在上下四方，奔流涌动，

我们将从它获得灵魂的标尺，

灵魂将依着爱的乐音。

那么来吧，妹妹！请你

快穿上你林野的衣衫，

不必拿书，我们要把这一日，

40 全部交付给悠闲。

"一道旋风来自山的后面"[①]

一道旋风来自山的后面，

呼啸着从树林上空吹过，

然后空气刹那间变得寂然，

一阵阵冰雹扑簌簌降落。

赤裸的橡树高耸在我头顶，

我坐在橡树下的灌木丛中，

是很高的冬青，青翠而高，

更美的树荫还不曾有人见到。

灌木丛中那宽敞的地面，

被一年一年的枯叶铺满，　　　　　　　10

你无法在落叶间放一根发丝；

这树荫一年四季永远碧绿。

但是，看，冰雹落下的地方，

一片片枯叶在轻轻跳荡，

没有风，空气没有一丝震颤，

但这里那里，无处不然，

林中的地面，在那树荫，

舒展的冬青树遮蔽的树荫，

无数的枯叶跃动，跳舞，

仿佛那儿有一个顽皮的精灵，[②]　　　20

① 约作于一七九八年三月。
韵脚格式：主要为双行体。

② 即"Robin Good-fellow"，也叫Puck，是英国民间传说中喜欢恶作剧的精灵，见于莎士比亚的《仲夏夜之梦》。

用芦笛吹出奇妙的乐音，
所有那些叶子，跳动的叶子，
片片都是欢乐的有生命之物。

上天，请赐予我心的安详，
让我即便在这样的景象中，
也永远能找到丰富的滋养，
足以哺育和触动我的心灵。

作于早春①

我听见一千种和谐的乐音，
当我半卧在小树林里，
我处于那种甜蜜的心境，
那时人会悲欣交集。

在我身上流动着人的灵魂，
它与大自然的杰作相接；
想到这里，我心情沉重：
人把人变成了什么。

穿过报春花丛，在那幽荫下，
长春花拖曳着串串花环；
在我看来，每一朵花，
都享受着呼吸的甘甜。

小鸟在我四周嬉戏跳跃，
我无法猜度其心思，
它们的每一个微小动作，
都仿佛充满了欣喜。

10

① 作于一七九八年春。每段
韵脚格式：abab。

发芽的树枝张开小扇，

去捕捉微微的风；

我竭尽心力也只能判断，

有快乐在那之中。

如果我无法阻止这些念头，

如果这是我信仰的预设，

我的哀叹难道没有理由：

人把人变成了什么。

劝诫与回答①

"在那块苍老的岩石上，威廉，
你为何就这样坐了半日？
你为何这样独坐，威廉，
做梦一般把时间虚度？

你的书在哪里？ 那是光，
馈赠给无助而盲目的人们，
起来，起来！ 啜饮这佳酿，
死者留给同类的精魂。

你环顾大地，你的慈母，
仿佛她生下你并不为什么，
仿佛你是她的第一个孩子，
你之前不曾有人活过。"

在埃斯韦特湖畔，一个清晨，
当生活不知为何那样美好，
我的好友马修对我告诫谆谆，
我对他这样回答道：

①
约作于一七九八年五六
月。每段韵脚格式：*abab*。

"眼睛它无法选择不去看，

我们无法让耳朵静止；

不论何处，我们身有所感，

也不论我们是否愿意。

我同样觉得，有一些力量，

自己在我们的心灵留下印痕，

于是我们的心灵得到滋养，

以明智的被动顺从。

难道你相信，在言语不息，

林林总总的万物当中，

不会有某物自行而至，

而我们必苦苦追寻？

—— 那么不要问我为何在这里，

仿佛与人交谈般独坐，

为何我坐在这块苍老的岩石，

做梦一般把时间消磨。"

反转

黄昏一幕，关于同一主题[①]

起来！朋友，舒展愁容，
为什么这样辛苦烦忧？
起来！朋友，放下书本，
否则你一定会变得佝偻。

太阳这时候正在山顶，
在辽远的碧绿田野上，
柔和的光令一切焕然一新，
夕阳的第一缕美好金黄。

书！那沉闷的无尽争执，
来吧，听树林里的红雀，
它的音乐多么动听，我发誓，
那里面的智慧更多。

听，画眉的歌声多么欢快，
它不是寻常的传教士。
来吧，到万物的光芒中来，
让大自然做你的良师。

10

① 约作于一七九八年五六月。每段韵脚格式：abab。

她有取之不尽的珍宝，
赐予我们的头脑和心灵 ——
健康所流露的天然之道，
欢愉所流露的真。

来自春日树林的一念，
会教给你更多人的道理，
关于道德上的恶与善，
胜过所有智者的教义。

自然带来的知识无不可爱，
我们的智力贸然插手，
扭曲了万物的美好形态，
—— 我们杀戮，以解剖。

够了，够了，知识与技艺，
合上这些干枯的书本；
到外面来吧，请带上你
一颗观察和接受的心。

作于丁登寺上游几英里处

旅途中再访怀尔河两岸，一七九八年七月十三日①

五年过去了；五个夏天，还有
五个漫长的冬天！我又听到了
这些水声，从山中的源头涌出，
带着内陆的甜蜜低语。我又一次
看到这些陡峭峻高的悬崖，
它们在这荒野的幽寂景象之上，
印上更深的幽寂，把这风景
与天空的寂静连接在一起。
这一天终于到来，我又在此休憩，
在这株茂密的西卡莫槭树下，环顾　　10
这一块块村舍农田，果园的树丛，
当此时节，果实还没有成熟，
它们几乎与树林灌木难以区分，
它们单纯的绿色，并不扰乱
荒野的碧绿风景。我又一次
看见这些篱笆，几乎算不得篱笆，
一小排一小排活泼的树恣意生长；
这些放牧的田野一直绿到门前。
一缕缕烟从树林中无声升起，
看起来仿佛犹疑不定，出自　　20

① 作于一七九八年七月。素体。此诗题目常被简称为《丁登寺》。怀尔河（The Wye）：在威尔士，一七九三年华兹华斯曾旅行至丁登寺。诗中结尾部分提到的人是华兹华斯的妹妹多萝西。

没有房屋的树林里的流浪者，

或者出自某个隐士的山洞，在洞中，

隐士独坐在火边。

虽然离开了很久，

但这些美丽的形象于我而言，

并非如同一个盲人眼前的风景：

相反，在孤独的房间里，在城市

与小镇的喧嚣声中，在疲惫的时光，

我常常因它们而有甜蜜的感触，

在血液中感到的，在心中感到的，

它们甚至进入我更纯净的心灵，

带着宁静的修复力 —— 还有

对那些未被记起的快乐的感受，

对于一个善良者人生的最好部分，

它们的影响也许并非微不足道，

他的渺小，无名，未被记起的

仁慈的举动，爱的举动。我相信，

我还有另一个礼物要归因于它们，

其本性更加崇高：那种可贵的心境，

在那心境中，神秘所带来的负担，

在那心境中，这无法理解的

整个世界，它令人疲惫的重量，

都得以减轻 —— 那安恬的幸福心境，

在那心境中，情感轻轻引导我们，

直到这一具血肉之躯的呼吸，

甚至于我们人的血液的流动，

都几乎暂时中止，我们的身体

被催眠一般，我们成了活的灵魂；

和谐的力量，深深的喜悦的力量，

使我们的眼睛变得平静，以此，

我们看到了万物的生命。

　　　　　如果　　　　　　　　　　50

这只不过是一个妄念，但多少次，

在黑暗之中，在千变万状的

郁郁寡欢的白日，当不安的无谓的

悸动，当这世界患着的热病，

压在我心脏的一次次跳动上，

多少次，在灵魂中我转向你，

林中的怀尔河！森林里的漫游者，

多少次，我的灵魂转向你！

现在，带着半明半灭的思绪，

带着许多朦胧模糊的似曾相识，　　60

带着几许忧伤，几许困惑，

我心灵中的图景再一次复活。

当我站在这里，我不仅感到

此刻的欢乐，而且欣然想到，

在这一刻，有未来岁月的生命

和养分。于是我大胆地希望，

虽然我已确乎不同于从前，不同于

我第一次来这山中的时候；那时，

我像一只獐鹿，跳跃在山上，

在深沉的河边，孤寂的溪边，

大自然引我去的一切地方；更像

一个人逃离自己所惧怕之物，而非

追逐他所爱之物。因为那时大自然

（我少年时代更为粗朴的欢乐，

它们活泼的身体活动，都已过去）

大自然对我就是一切。—— 我无法描绘

我那时的样子。隆隆的瀑布，

如同激情一般占据了我；巉岩，

高山，深沉而幽暗的森林，

它们的多姿多彩，当时于我而言，

是一种渴望，一种情感，一种爱，

不需要更虚无缥缈的吸引力，

由思考提供的吸引力，不需要任何

眼睛之外的兴味。—— 那时节已过去，

现在，它刺痛般的欢乐都已不再，

它所有令人目眩的狂喜。我并不

因此而沮丧，并不伤悼或抱怨；

后来我获得了其他礼物，我相信，
足以补偿那种损失。因为我已经
学会这样看待自然，不是如同在
不思不虑的青春，而是时常听到
人类那无声的，悲哀的音乐，
既不严厉也不刺耳，然而足以
惩戒和克制。我感到有一种存在，
它以崇高思想的欢乐扰动我，
令我不安，一种崇高感，我感到
某种深深地浑融在一起之物，
它居住的所在是落日的光辉，
是圆的海洋，生动的空气，
是蔚蓝的天空，是人的心灵，
一种律动，一种精神，它推动
一切有思之物，一切思的一切对象，
它在万事万物中涌动。所以，
我仍然爱着草地，爱着森林，
高山；爱着我们在青葱的大地上
看到的一切；爱着耳目所及的
整个广大世界，包括耳目半创造的，
和耳目感受到的；我乐于在自然中，
在感官的语言中，辨认出
我那些最纯净思想的锚；那养育者，
引导者，我心的守护者，我的

全部道德感的灵魂。

如果

我不曾得到这样的教育，我也不会

让自己的和悦精神衰败下去，

因为有你在我身边，在这美丽的

河畔；你，我最亲爱的友人，

亲爱，亲爱的友人，在你的声音中，

我捕捉到自己从前心的语言，在你

无拘无束的眼睛那四射的目光中，

我读出了自己从前的喜悦。啊，

且让我在你身上看到我从前的样子，

我亲爱，亲爱的妹妹！我这样祈祷，

因为我深知大自然永不会背叛

爱她的心；大自然的特权是，

在我们这尘世的全部岁月中，

引我们从欢乐走向欢乐：因为她能

如此教导我们的心灵，如此给我们

以宁静与美的印象，用崇高的思想

滋养我们，以至于，可畏的人言，

轻率的判断，自私者的冷笑，

并不包含善意的问候，还有，

每日生活中人与人的阴郁交往，

都不会战胜我们，都不会破坏这一

愉快的信念：我们所见的一切，

都充满祝福。那么，就让月光

在你独自漫步的时候照在你身上，

让裹挟着迷雾的山风，自由地

吹在你身上；在今后的岁月里，

当这些放恣的喜悦变得成熟，

变成一种沉静的欢乐，当你的心灵　　　　140

成为容纳一切美好形态的广厦，

你的记忆成为一切甜蜜之声，

一切和谐之物的居所，啊，那时，

如果孤独，恐惧，痛苦，悲伤，

是你分得的命运，你将怎样

以具有治愈力的温柔喜悦想起我，

还有我的这些劝勉！如果，也许，

我身在一个听不到你声音的地方，

也无法从你无拘无束的眼中，

捕捉到我过去之存在的光芒，　　　　150

你也不会忘记，在这愉快的河边，

我们曾站在一起；不会忘记，我，

这一直崇拜自然的人，来到这里，

不倦于崇拜的职司：毋宁说，

我是带着更温暖的爱，更深的热忱，

更神圣的爱。那时，你也不会忘记，

经过了种种漂泊，多年的离别，

这些陡峭的森林，耸峙的高崖，

放牧的碧野，在我是更可爱了，

160   因它们自身之故，也因你之故。

致教堂司事①

放下你的推车吧，教堂司事。

你为什么在骨屋中间，

骸骨上继续堆积骸骨？

那里已经像一座小山，

仿佛在一个战场之上，

有三千骷髅在那里堆放。

—— 这些人是在和平中相继死去，

父亲，姊妹，朋友和兄弟。

请看我指的那个角落！

从这块八英尺见方的平台，

不要拿走哪怕一个手指关节，

安德鲁的全家在那里掩埋。

你面前这一个单独的坟墓，

西蒙病弱的女儿长眠于此，

现在病痛已触及不到她，

西蒙照顾了她二十个冬夏。

只需瞧一个园丁扬扬自得，

他多么骄傲，当他看见

①

约作于一七九八年十月至
一七九九年二月。每段韵
脚格式：*ababccdd*。教堂司
事（Sexton）：负责管理教堂
墓地、挖墓穴等。一些教堂
墓地因土地有限，死者埋
葬后过若干年，其骸骨会被
挖出放入骨屋（bone house）。

并肩而立的玫瑰与百合，

20 一丛又一丛的紫罗兰。

凭着人心，人的泪滴，

凭着人的希望与恐惧，

你，你这胡子花白的老人，

是一座更非凡花园的园丁。

这些死者们彼此眷恋，

就让他们静静躺在一起。

安德鲁在那边，苏珊在这边，

在死亡之中做着邻居。

如果没有简后我独自生活，

30 在阴晴中过了七年的岁月，

教堂司事，那时别将她移动，

让同一座坟收下爱与被爱的人。

[写于某学校一块碑上]①

该校里有一块碑，用镀金字母刻写着建校以来历任校长的名字，以及他们就任离任的时间。在与其中一个名字相对的地方，作者写下此诗。

如果大自然对你无比恩宠，
把她的泥土调和得恰到好处，
你的心时刻都不羁驰骋，
但从未有一次迷失正途；

读读这首诗吧；然后看一看
这块碑，它用多种色彩，
把它在历史上的二百年，
竖立于此，以谦逊的姿态。

浏览这记录声名的小小遗物，
数字与音节，当你的眼睛，
向下读到了马修的名字，
请停下，给予他特别的同情。

如果有一滴沉睡的泪被唤起，

① 作于一七九八年十月至十二月。每段韵脚格式：abab。

10

不要阻挡它，或让它停留，

我为马修之故请求你，

他自己不曾提出这请求。

可怜的马修，他的嬉游告终，

他沉默如同平静的水潭，

远离烟囱那欢快的隆隆声，

远离村中学校里的呢喃。

马修发出的叹息，是一位

厌倦了疯癫娱乐者的叹息；

马修的眼中含着的泪，

是光明的泪，愉悦的膏脂。

但有时当秘密的酒杯满斟，

盛着静穆思索，传于众人之手，

他仿佛是将它一饮而尽，

他以如此深沉的灵魂感受。

上帝在尘世的最好造物，

你这欢乐的灵魂，难道说，

这两个金光闪闪的词语，

就是你所留下来的一切？

"如果我能获得牧师同意" ①

如果我能获得牧师同意，

或为你敲丧钟的人答允，

那么，马修，我会让你的骸骨，

在我们深爱的这棵树下留存。

但你送我的这盘曲的橡木杖，

我将悬挂在我们的山楂树；

在树干与树枝相连的地方，

我将镌刻下你的墓志。

①

约作于一七九八年十月

至一七九九年二月。每

段韵脚格式：*abab*。

"当这株鲜花盛开的山楂树"①

当这株鲜花盛开的山楂树，
再次把它的绿荫舒展，
这村庄失去了一个和善之士，
拿书或锄头的人中他最和善。

从青草地上走过的旅人，
请暂时停下你的脚步，
虽然这里看不见颓败的坟，
告诉你，你同样是泥土。

他的身份是一位教师；
高个子的马修把他的几只羊，
围在那边孤立的一堆石头里，
其颜色与周围的岩石一样。

学问常使人心灵枯窘，
它会将人的骨骼也毁坏，
但马修有一种轻松的本领，
他懂得教给人爱与欢快。

①

约作于一七九八年十月至
一七九九年二月。每段韵
脚格式：*abab*。

齐整的宅子，粗朴的农舍，
都得到马修黄金般的礼物，
每日里新鲜的轻松欢乐，
或长达半个世纪的祝福。

他幻想的花样无穷无尽，
他充满了天生的捷才；
他那样欢欣，他的欢欣，
比任何愚人都千倍地轻快。

而当他的头发白如秋霜，
当他到了六十岁的年龄，
马修心中会时不时希望，
自己是一个更加严肃的人。

但没有什么能诱使他的心绪，
像我的心现在这样悲切，
我充满哀伤，当我把这首诗，
在这山楂树的树枝下刻写。

20

30

因同一事写于同一地的挽歌①

每当我回想起你是怎样
以 [   ] 吸引我们的耳与目，②
我在一笑中尝到的悲伤，
多过了车载斗量的泪珠。
我微笑着倾听猎人的号角，
我笑着望向草，石，水之涯；
我也对这无知的山楂树微笑，
它像从前一样开满美丽的花。

我想起你，在默默的爱中；
就像一枚颤抖的树叶一样，
我感到脸上的肌肉在颤动，
我不知道是欢乐还是悲伤。
但常常当我举头望远，
望见山坡上的那些小屋，
我叹息着说：对你们而言，
马修死的日子是不祥的一日。

小姑娘们，你们爱他之名，
到这里把你们的线手套编织，

①
约作于一七九八年十月至
十二月。每段韵脚格式：
ababcdcd。

②
此行有缺字。

你们爱他胜过你们的母亲，

美丽的格兰卡恩的这位教师；①   20

因为虽然对很多任性少年，

马修扮演着父亲的角色，

你们小姑娘使他心欢，

他心中对你们最为喜悦。

你们过了十六岁的红润女郎，

哭泣吧！ 马修走完了一生；

他替你们写情书，我想，

写完后你们会将他亲吻。

你们，去往遥远市镇的兄弟，

你们，大海上的漂泊者，   30

你们失去多少善良虔诚之思，

和许多 [　　]。②

持重的男子会哭泣，从他身上，

他们将永远可喜的风趣痛饮；

当他 [　　]，他们笑声朗朗，③

那笑足以放松他们的心灵。

母亲们，你们心里，头脑里，

几乎没有留给玩笑的空间；

依偎在你们怀里的孩子，

会让你们想起马修已长眠。   40

①

格兰卡恩: Glencarn。

②

此行有缺字。

③

此行有缺字。

你们坐在手肘椅中的老妇人，①

谁现在是你们的篱和盾牌？

当冬天的狂飙，刺骨的风，

在屋中和田野中忙碌徘徊？

哭泣吧，美丽的格兰卡恩村学，

你再不会在暴风雨的天气里，

像一个谷仓中的玩耍场所，

潘奇和哈姆莱特一起游戏。②

你们牧羊犬，爱热闹的一队！

现在让你们的尾巴不动不摇，

垂在松弛的臀部 —— 你们再不会

在草地上向着他的声音吠叫。

—— 每当我回想起你是怎样

以你的 [   ] 吸引我们的耳与目，③

我在一笑中尝到的悲伤，

多过了车载斗量的泪珠。

①

手肘椅（*elbow chair*）：其椅背的曲线弧度如人的手肘一般。

②

潘奇（*Punch*）：传统儿童木偶剧《潘奇与朱迪》（*Punch and Judy*）中的主要人物。

③

此行有缺字。

"一种沉睡将我的灵魂封锁"①

一种沉睡将我的灵魂封锁，
　　我没有了人的恐惧：
她仿佛是一物，无从感觉
　　尘世岁月的碰触。

她现在没有力量，一动不动，
　　她听不见也看不见，
在大地日复一日的轨道中，
　　与山岩，木石一起运转。

①
作于一七九八年十月至
十二月。"露西诗"之一，
歌谣体。

037

歌①

她住在人迹罕至的幽径间,
　　鸽泉边的去处,
没有人为这位少女赞叹,
　　爱她的人屈指可数。

一朵紫罗兰, 在生满苍苔的石旁,
　　半被遮住了容色,
—— 星一般美丽, 当天上
　　只有一颗明星闪烁。

她一生无闻, 也少有人知,
　　露西的生命何时走尽;
但是, 啊, 她如今在坟墓里,
　　这于我是多么不同。

①

作于一七九八年十月至
十二月。"露西诗"之一,
歌谣体。

"我深知激情的奇异悸动"①

我深知激情的奇异悸动，
我将大胆说出，
但只说给恋爱中人的耳朵听，
那发生在我身上的事。

当我的爱人健康而欢愉，
像六月的玫瑰一样，
我去往她居住的小屋，
沐浴着傍晚的月光。

我的眼睛注视着月亮不动，
越过宽阔的草地，
我的马慢慢地步步前行，
靠近我珍爱的小路。

现在我们到了那片果园中，
当我们登山的时节，
月亮向露西的小屋屋顶，
一点一点下落。

10

我仿佛沉入甜美的梦乡，

那是仁慈自然的厚赠，

我的眼睛一直向着同一方向，

注视着月亮下沉。

马一步一步朝前行走，

马蹄声声，从未停止；

这时，在那小屋的屋顶之后，

月亮蓦地落了下去。

恋爱中人的头脑中会滑过

多么愚妄的一念，

"天哪，"我对自己大声说，

"假如露西死了怎么办！"

一个诗人的墓志铭^①

你是政客？ 你的出身，
教养，都让你在公共事务前列，
—— 先学会爱一个活生生的人，
然后你再去考虑死者。

你是律师？ 别靠近来，
走开，把你怯懦冷酷的目光，
带到一个别的什么所在，
还有你蜡黄脸上的伪装。

如果你有神学博士的身份，
面色红润，看起来滚圆，
靠近吧，但博士，别太近，^②
这坟墓不是你的布道坛。

你是勇敢者，骄傲潇洒，
一个士兵，而并非无赖？
欢迎！ —— 但请把佩剑放下，
拄着农民的手杖过来。

①

作于一七九八年十月至
十二月。每段韵脚格式：
abab。

②

博士（Doctor）：此处指"神
学博士"（Doctor of Divinity）
或牧师。

10

041

你是医生？ 你全身是眼睛，
哲学家？ 拨拨弄弄的奴隶，^①
哪怕在自己母亲的坟冢，
你也会窥探，将植物收集。

感官的羊毛把你裹在里面，
走开吧，我求你，你要明白，
地下那死者可以安然长眠，
当你针尖大的灵魂已离开。

—— 也许有个人研究道德哲学，^②
天知道他怎么来到这可怜土地；
他既没有眼睛，也没有耳朵，
他是自己的世界，自己的上帝。

在他那打磨光滑的灵魂上，
无法附丽大小的形式和感情，
一种思辨之物，自足自赏，
一个彻头彻尾的知识界之人！

把门关紧！ 放下门闩，
在你智识的硬壳里睡去；
不要在这无益的泥土旁边，
让你的表浪费十秒的工夫。

① 此处的哲学家指自然科学家（ *natural scientist* ）。
② 此处的 "*moralist*" 指道德哲学家。

但那是谁，神情并不张扬，
黄褐色的衣服普普通通？
他低吟在汩汩的溪水旁，
那音乐比溪水更加动听。   40

他像正午的露珠一样谦抑，
或者正午树林中的清泉。
你不可能不爱他，甚至
在你还未看清他值得爱之前。

他见过天与地呈现的风景，
他见过山与谷的万象，
从更深的源泉涌出的冲动，
于独处时降临在他身上。

在周围平凡的事物中间，
他能够随物赋予一些真理，   50
是他那平静的眼睛所见，
那眼睛在他心上栖息，睡去。

但他很脆弱，少年时，长大后，
他都在大地上"游手好闲"；
别人懂的事物他若能拥有，

他觉得就已满足了心愿。

—— 到这里来，在你壮健时，
来吧，你脆弱如打在岸边的浪。
在这里尽情舒展你的四肢，
60 或将你的房屋建在这坟墓上。

采坚果①

　　　　　　　　—— 那一天仿佛是

那种天堂一般不死的日子。

我从农舍门口兴冲冲出发，

肩膀上挎着一个包，手里拿着

采坚果的钩子，迈步走向

遥远的树林。我的形象颇为古怪，

我骄傲地穿着乞丐的那种衣服，

是在我节俭的房东太太的劝说②

和教导之下，专为此行而穿的。

我杂七杂八的装备！为了自如应付　　10

山楂树、灌木丛、荆棘，其实，

我大可不必如此褴褛。在林中，

在没有道路的山岩上，我奋力前行。

最后我来到了一个可爱的角落，

那儿无人来过，并没有树枝折断，

带着枯叶低垂下来，那是不祥之兆，

遭到劫掠之兆。一株株榛子树

高大笔直，挂着串串乳白的榛子，

一块处女地！—— 我站了一会儿，

我呼吸着，压制着自己的心，　　　　20

① 作于一七九八年十月至十二月。素体。

② "房东太太"指安·泰森（Ann Tyson），华兹华斯在霍克斯黑德上学时住在她家中。

045

欢乐之情最喜这样；这克制很明智，

它给我一种快感；我不必怕对手，

我环顾这盛宴，有时坐在树下，

坐在花丛中，与花朵游戏。

那些人最懂我的心情，他们经过

令人疲倦的漫长等待，终于，

超乎所有期望的快乐蓦然降临。

—— 也许，在那幽荫的树叶下，

五个季节中，紫罗兰再次开放

又凋谢，而没有人看见它们；

一道道美好的溪流潺潺流淌，

永不止息，我看到了闪光的泡沫。

我把脸颊贴在一块苍绿的石头上，

那些石头生满苔藓，在浓荫下，

散卧在我四周，仿佛一群绵羊。

我听到了低语，轻诉的声音，

我当时处于那种甜蜜的心境，欢欣

乐于安享悠闲，因欢愉胜券在握，

心灵就奢侈地耽于不相干之物，

把自己的关怀挥霍给树桩，石头，

一无所有的空气。—— 然后我站起身，

把树枝树干咔嚓嚓扯到地面，

无情的破坏，那个幽深的

挂满榛子的角落，生着苍苔的绿荫，

被毁伤，被玷污，隐忍着交付出
它们安静的存在；除非我现在
把我目前的情感与过去混同，
即便当时，当我从那树荫转身离开，
满心欢喜，比富有的国王更加富有 ——
我已感到一种痛苦，当我看见
那些沉默的树，那低垂的天空。

亲爱的少女！当你在这些树下往来，
要怀着一颗温柔的心，以温柔的手
去触摸，—— 因为树林中有一种精魂。

一个人物

以对照法写成①

我奇怪大自然如何能找到空间，
让他的脸上既有凝重，也有轻闲，
有沉思与不思，苍白与红润，
有忙碌与迟滞，快乐与阴沉。

有脆弱，有过多的力量无处存放，
这种力量（如果痛苦的症状，
能刺穿一个易于生病的体格），
会带来理性的宁静，哲学家的平和。

有淡漠，无论在失败还是成功时，
有比所需多出来十倍的专注；
有不带嫉妒的骄傲，有这样多的欢乐，
有温顺，有冲动又羞涩的品格。

有大胆，有时眼神中有一种自卑，
流露出仿佛并不自知的惭愧；
有德行，当然可以下这样的结论，
但似乎又少点什么，而难称为德行。

① 约作于一七九八年十月至十二月。每段韵脚格式：*aabb*。诗中人物的原型可能是罗伯特·琼斯（*Robert Jones*）或柯尔律治（*Samuel Taylor Coleridge*，1772 — 1834）。

这样的画面！ 不出自大自然或画家之手，

—— 但这人会霎时把你的心带走。

我愿意在五百年的时间里都像他一样，

像他一样奇特，像他快乐而善良。

"据说有一些人为爱而死"①

据说有一些人为爱而死，
这里那里会有一座孤坟，
寒冷的北方土地上不洁的坟冢，②
因为那可怜人自杀而死，
他的爱是这样深重的痛苦。
有一个人我认识了五年，
他无人相伴，
独居在赫尔韦林的山坡上；
他恋爱着，但美丽的芭芭拉夭亡，
于是他发出这样的哀叹，
当芭芭拉已有三年沉睡在墓中，
他发出这样的哀声。

啊！农舍，请你从橡树后移走，
或让那古树连根拔起，平置于地，
这样，那边的炊烟就能够
以另一种样子向天空升起。
云飘过去，它们离开天空；
我仰望天空，它空空如也，
我不知我在寻找什么，

①

最早版本约作于一七九八年十月至十二月。全诗体例不一，中间四段韵脚格式为 ababcddc，第一段韵脚格式为 abbccddeedff，最后一段为素体。

②

基督教禁止自杀。

当我停止仰望，我手抚着我心。

啊！这些树荫多么沉重！你们叶子，
你们何时能克制微弱的低吟？
你们的声音使我心的平静消失，
夺走了我心的安宁。
你画眉鸟，你的歌声自由嘹亮，
请飞入远处的那行柳树，
端坐于那一株桤木，
或唱另一支歌，或在另一株树上！

倒流吧，甜蜜的小溪！回到山中，
让那里永远锁住你的水流！
因为你使空气中充满了声音，
那声音令人难以承受。
如果瀑布无法停止冲激，
在那株松树嶙峋的枝干下，
啊，那么让它变得喑哑，
小溪，你是什么都行，但不要是小溪。

野蔷薇，你高耸的花枝这样扬扬自得，
在半个谷地上跨越，如一道彩虹，
你这美丽的灌木，让你的花萎落，
不要摇曳在风中。

因为看到你这样在风中点着头，

看到你的花枝这样舒展，弯曲，

这样地起起伏伏，

使我不安，直到这情景我无法忍受。

那人发出这样热昏的哀叹，

他身形高大，擅长跳舞，

哪怕他从头到脚都穿着铁甲。

啊，温柔的爱神！如果你曾想过，

为我也准备了这样的时刻，那么，

请离开我，温柔的爱神！不要让我

走在能听见艾玛声音的地方，^①

不要让我知道我今天所知的欢乐。

①

华兹华斯诗中的"艾玛"

（Emma）多指妹妹多萝西，

在此诗中可能是爱侣的泛

称。

"三年中她成长在阳光阵雨下" ①

三年中她成长在阳光阵雨下，
大自然说："比这更可爱的花，
世上还不曾播种：
我要把这女孩子收归于我，
她将属于我，我将创造一个
我独有的女性。

对这亲爱的人而言，我自己
将是律法也是冲动，与我一起，
这少女在山石，平原，
天与地，树荫和林中空地上，
都将感到一种监护的力量，
以点燃，以收敛。

她将如同小鹿一样活泼，
那喜不自胜地在草地上跳过，
或跳上高山的鹿；
她将获得呼吸的芳芬，
她将获得沉默与安详，
从无声无知的事物。

①

①
约作于一七九八年十月至
一七九九年二月。"露西
诗"之一，每段韵脚格式：
aabccb。

浮云将借给她它们的本色，

柳枝将向她，为她而摇曳；

她也一定会看到，

甚至在暴风雨的运动中，

也有一种美，以无声的同情，

塑造着她的形貌。

她将热爱子夜的星光，

她将在许多隐秘的地方，

侧耳谛听，

听自由旋舞的小溪流水，

从潺潺的水声中诞生的美，

将融入她的面容。

对欢乐的生动鲜活的感觉，

将使她的身形庄重高卓，

使她处女的胸饱满。

我将把这些思绪赋予露西，

当她与我生活在一起，

在这快乐谷地中间。"

大自然如是说，也如是而行，

我的露西多么快结束了旅程！

她死了，现在，

我只有这荒野，这寂寂景象，

还有对过去的种种回想，

而过去永不再来。

犹太流浪者之歌①

激流从源头开始奔涌，
顺着许多陡崖隆隆滚落，
然而它们在群山当中，
找到了平静深沉的休憩之所。

岩羚羊在山石上到处游荡，
几乎长着鹰的翅膀一般，
然而一定有一小块地方，
它可以称为自己的家园。

如果渡鸦在大风的天气，
像飘荡的小船嬉戏往来，
它同样喜爱山崖的怀抱里，
它的一个港湾般的所在。

海马在汪洋的大海中，
没有甜蜜的家一样的洞穴，
但它沉睡着，一动不动，
乘着平静无声的海波。

① 约作于一七九八年十月至一七九九年二月。每段韵脚格式：*abab*。

日与夜加重了我的辛劳，

我从未接近于我的目的地。

日日夜夜，我都感觉到

我的灵魂中流浪者的忧思。 20

在本世纪最寒冷的日子之一作于德国①

我需告知读者，德国北部的火炉上常
刻着一匹奔马，奔马是不伦瑞克的徽
章的一部分。②

你们的德语和北欧语，我不管它，
让我把水壶之歌吟唱，
还有火钳，拨火棒，而不是那匹马，
它那样四蹄狂奔，那样奋发，
在这片暗淡无光的黑金属上。

我们的地球诚然出自非凡材料，
但它的脉搏越来越慢；
四十度的天气已经刺骨难熬，③
那时温度计已够低，老天知道，
而今天是又低了四度的一天。

这有一只苍蝇，它郁郁不乐，也许，
它来自旷野或者树林。
它真惨！这闷闷的害人的热气，
诱使这可怜虫离开冬天的退居地，
向我的火炉边上爬近。

① 作于一七九八年十月至一七九九年二月。每段韵脚格式：*abaab*。

② 不伦瑞克（*Brunswick*）：指德国的不伦瑞克公国。

③ 指零下四十度。

哎！它是怎样地跌跌撞撞，

在这凄清的炉子旁边；

它不明白自己该爬到什么地方，

一会回到地板砖上，一会回到墙上，

一会又爬到铁炉边缘。   20

像困惑的旅行者，它呆立在那里，

它已用尽全身的本领；

我觉得，我能看到它伸出触须，

向着四面八方，南，北，东，西，

但它没找到路标或引路人。

看！它的细腿瘫软，小腿，大腿，脚爪，

它的眼睛和耳朵不听使唤；

在生死之间它的血液冻结又融化，

两片美丽的翅膀像灰蓝的薄纱，

被霜粘在身体两边。   30

它没有兄弟或朋友与它一道，

而我能获得温暖，从亲人的脸庞；^①

在这荒凉萧索中我幸福欢笑，

仿佛我房间的地面是夏日的青草，

忍冬在上面垂荡。

① 指与华兹华斯同去德国的
多萝西。

但上帝做证，你这可怜的小东西，

我多希望能维持你的生命；

直到夏天从南方而来，你与你的兄弟，

成群结队，嗡嗡然穿过层云而去，

40　再一次回到森林。

地点命名之诗①

I. "是四月的一个早晨，那条小溪"②

①

"广而告之"约作于一八〇〇年十月。组诗的次序依照一八〇〇年《抒情歌谣集》。

②

此诗约作于一八〇〇年四月至十月。素体。诗中的"艾玛"指多萝西。

是四月的一个早晨，那条小溪
清新明澈，欣喜于自己的力量，
以一个年轻人的速度奔流，但是，
此前冬天所补给的流水声，
已经下降为春天的柔和音调。
一种欢愉自得与渴望之情，
希冀与企盼，从一切有生之物
流溢出来，仿佛千万种声音。
正萌生新叶的树林仿佛急于
催促六月的脚步到来，仿佛它们
深深浅浅的绿是一种障碍，阻挡在

10

它们和它们的目标间。但同时，

空气中有一种如此深沉的满足，

每一株赤裸的白蜡树，每一株

还没有叶子的迟慢的树，注视着

这快乐一天，它们的面容都如同

夏日的面容。—— 我沿着小溪

信步朝上游走去，心绪纷然，

我感受到一切，又忘记一切。

最后我来到了这个连绵的谷地

一个骤然拐弯的地方；那溪流

顺一块山岩奔落，它之前这样热切，

但它在这里发出如此快乐的冲激声，

相形之下，我先前听到的一切，

都仿佛只属于寻常的欢乐；鸟兽，

羔羊，牧羊犬，红雀，画眉，

与这条瀑布争喧，汇成一首歌，

在我听来，那歌如某种野生之物，

或者像空气的某种自然产物，

永不会停歇。这里有苍翠的叶子，

但却是属于山岩的叶子，桦树，

紫杉，冬青，亮绿色的山楂树，

像小岛般间杂着悬垂的闪亮荆豆。

在不远的地方，一座山顶上，

任何一个越过这谷地眺望的人，

都会看到一间独自矗立的山中农舍。

我望着，望着，我对自己说，

"至少我们的沉思属于我们；艾玛，

我要把这旷野的一角献给你。"

—— 这地点很快成为我的另一个家，

我的居所，我在户外的逗留地。

那里的一些牧人看到过我，有时，

在我们的闲谈中，我曾说起

我的这念头。也许，当我们已死去，

已在坟墓中，之后过去多年，

其中两三牧人偶然说到这野性所在，

那时，他们会称它为"艾玛谷"。

11. 致乔安娜①

你在城市的烟霾中，度过了
最初的少女时光，在那里，你因为
多年的安静勤勉，学会了去爱
自己火炉边的那些有生命之物，
你的爱是强烈的，于是你的心灵
不是很能够马上同情那些
以温柔的目光眺望群山的人，
与溪流和树林结下情谊的人。
我们就是这样一些越界者，
退居在我们的朴素生活中，
树林与田野中。我们很爱你，
乔安娜！到现在为止，你已经
远远地离开我们有两年之久，
我猜想，你会乐于听一些言语，
不论多么琐屑，你会从中得知，
那些曾与你共度快乐时光的人们，
亲切地说起你，说起那从前。

是大约十天前，当时我坐在
那些高大的冷杉树下，它们要高于

① 作于一八〇〇年八月。素体。乔安娜指乔安娜·哈钦森（Joanna Hutchinson），玛丽·哈钦森（Mary Hutchison）的妹妹，后者一八〇二年与华兹华斯成婚。

10

它们的老邻居，那古老的教堂尖塔。   20

牧师从旁边他黑沉沉的房子

走出来，向我问好。他问我，

"乔安娜怎样了，那率性的姑娘？

她何时回到我们这里？"他停下来，

我们简单交换了一下乡村新闻。

然后他神情严肃地问道，为什么，

我让旧日的偶像崇拜重新复活，

我像一个古代的日耳曼祭司一样，

用骇人的大字，在天然岩石上，

凿刻出了某一个粗朴的名字，   30

在罗塔河上方，森林的旁边。

由于在恶作剧与真心的爱之间，

我的心可以有所放肆而不被责备，

我被他这样询问并没有感到不快。

下面是我的回答。"事情是这样的。

夏天的一个清晨，天亮时分，

我们在野外漫步，乔安娜和我。

是那种愉快时节，金雀花

已完全开放，可见于每个陡坡上，

顺着杂树林伸展，如同黄金的矿脉。   40

我们的路引我们来到罗塔河边。

当我们走到那块高耸的岩石面前，

那面朝东的岩石，我停住了脚步，

我的眼睛从底部到顶部打量

那耸立的屏障；我高兴地注意到，

在灌木和树，石头和花朵中，

种种美好的色彩杂糅在一起，

在如此广阔的平面上，一霎时，

它们以同一印象，以其自身之美

所产生的连接力，映现在我心中。

── 我大概这样注视了两分钟。

乔安娜看着我的眼睛，她看到了

我的狂喜，就朗声大笑起来。

那岩石如一个从梦中惊醒的生物，

拾取了她的声音，也大笑起来。

头盔崖上坐着的那块老妇石，

它的山洞也随即笑了起来；

哈马尔疤，高峻的银浩山，

发出大笑声；南边的洛里格山听到了，

法尔菲尔德山，用山的语调相应和；

赫尔韦林山把那声音高高地

送入明净的蓝空；老斯基多山

吹响了它嘹亮的号角；在南边，

从格拉拉马拉山的云中传来回应；

教堂石山把这声音从它雾茫茫的头上

抛掷过来。"我对我们亲切的朋友[①]

这样说道。他感到惊讶不已，

50

60

① 头盔崖（Helm-crag），老妇石（that ancient Woman），哈马尔疤（Hammar-scar），银浩山（Silver-How），洛里格山（Loughrigg），法尔菲尔德山（Fairfield），赫尔韦林山（Helvellyn），斯基多山（Skiddaw），格拉拉马拉山（Glaramara），教堂石山（Kirkstone）：以上均为湖区山名。

向着我微笑。我说："这究竟是

古老的群山齐心协力，一起

参与的一件事，还是我的耳朵

被梦感染，被幻想中的冲动感染，

我说不清楚；但我可以肯定的是，

群山中有一种响亮的大笑声。

我们两人都在倾听时，美丽的

乔安娜向我身边靠过来，仿佛她想

寻求庇护，避开令她畏惧的某物。

—— 所以，很久以后，当一年半的光阴

虚度过去，我碰巧独自从这岩石下

走过，在日出时分，一个平和

而寂静的清晨；我坐下来，在那里，

为了纪念久远而真挚的情谊，

我用那些粗朴的字母，在那块

天然岩石上刻下了乔安娜的名字。

我，还有住在我炉边的所有人，

从此称那可爱的岩石为'乔安娜岩'。"

III."有一座高山，在我们的群山中"①

有一座高山，在我们的群山中，

它是最后一座与落日交谈的。

从我们果园中的椅子可以望见它；

傍晚时分，当我们沿着大路

散步的时候，能看见这悬崖，

如此耸立于我们之上，如此高远，

它常常仿佛把它深沉的宁静

传递给我们，使我们的心灵复原。

它也是流星们最爱的所在。

天宇正中的木星这样美丽硕大，

然而却不及它照在那山上时

一半美丽。那一座山诚然是

我们这里在云中最孤独的地方。

那与我同住的人，我是这样②

以知己之情爱着她，以至世界上，

没有哪里对我而言是孤独的，她说，

这座孤寂的山峰应当以我为名。

①

约作于一七九九年末至

一八〇〇年初。素体。

②

"与我同住的人"指多萝西。

窄窄的一带巉岩与山崖，

作为一条粗朴的天然道路，夹在

湖水和一座曲折的山坡间，

山坡上生着杂树和灌木；这带悬崖，

让格拉斯米尔湖的东岸安全而隐蔽。

我，还有两个亲爱的友人，②

于九月的一个平静早晨，当雾气

尚未完全让步于太阳的时候，

走在这条偏僻难行的路上。

那路不适于一个匆忙的人，　　　　　　　10

但我们很悠闲。向前走的时候，

我们专注于其中的，是观察

水波抛掷到岸上的那些东西，

羽毛，叶子，杂草，或者枯枝，

它们顺着那条干冲积物的沿线，

堆叠在一起。我们无所用心，

不止一次，我们停下来看一簇

蒲公英的种子，或蓟的胡须，

半像是没有生命，半像是被

某种内在的感觉推动，漂浮在　　　　　　20

①

约作于一八〇〇年七月至

十一月。素体。

②

指多萝西和柯尔律治。

069

湖中接近水面的地方；当湖水

沉睡着，一片死寂，它漂荡在

死寂的湖面上，忽焉来去；

它种种活泼的漂荡表明，一直

有一股我们看不见的微风，

是它的翅膀，它的车，它的马，

它的玩伴，它拂动的灵魂。

——常常，我们随意使用一个

赋予每人的特权，我们停下来，

一人或另一人指点某处，也许

采撷某种花或水草，它如此美丽，

采下它，使它离开它所生长之处

是不合适的，但若留下它独自美丽，

也并不合适。那里这样的花草很多，

美丽的蕨类和花朵，尤其一种

较高的植物，外形庄重，名为紫萁，^①

它在格拉斯米尔湖滨属于自己的

僻静所在，比希腊小溪边的女仙，

或者古老的传奇中独坐在

水滨的湖上夫人，更加可爱。

——我们就这样度过那美好清晨。

同时田野里传来喧声，是收割者

忙碌的欢声，男人女人，少年男女。

我们很高兴听到这样的声音。

30

40

①

① 即 Queen Osmunda（Osmunda regalis），紫萁属，一种蕨类。

070

就像我所描述的那样，我们
沉湎于无心的思绪，朝前走着，
沿着锯齿状的湖岸。这时，忽然，
透过一层闪光的薄雾，我们看见，
在我们前面一块突出的岬角上，
有一个高个男子直立的身影，   50
他穿着农民的衣服，独自站立，
在湖水的边上钓着鱼。我们
朝那方向走过去；没过多久，
我们就开始不假思索地评论
自己看到的情景；我们异口同声，
都大声说道，他一定是一个
游手好闲的人，能这样虚度
收获季节中的一天，此时雇工工资
相当可观，他本可以攒下一点钱，
以在冬天时给自己带来些欢愉。   60
我们就这样谈论那农民，一边
走近那地点，他独自站在那里，
手持钓竿和线；这时他转过头来，
向我们打招呼 —— 我们看到了一个
因疾病而憔悴的人，又高又瘦，
两颊凹陷，四肢消瘦，两条腿细长，
就我自己而言，我注视着他的腿，
全然忘记了它们所支撑的身体。

他太虚弱，无法在收获的田间劳作，

他正尽自己所能，从这死寂的

无情的湖中，获得微薄的生计，

然而这湖并不懂得他的需求。

我不需说我们紧接着的想法，

以及那个美好清晨的快乐悠闲，

它所有的可爱形象，都如何

变成了严肃的沉思，变成了自责。

我们也不能不在自身之内看到，

我们多么需要在言语上有所检束，

用同情来节制我们的一切思绪。

—— 因此，我们不愿忘记那一天，

我的朋友，我，还有当时也得到

同样训诫的她，从此以纪念之名

称呼那地点；这名字是笨拙的，水手

在新发现的海岸，给海湾或岬角

所起的最笨拙名字，也莫过于此 ——

我们称那里为"鲁莽判断之角"。

V. 致 M.H.①

在古木中间，我们走出去很远。

没有道路，没有伐木人踏出的小径，

但那浓密的树荫遏制了杂草

和小树的恣意生长，在树枝下面

柔软的青草地上，形成了自己的

一条路，引我们来到树林中

一块狭长的草地，一个小水潭。

在水潭周围，羊群和牛群都可以

站在它坚实的岸边饮水，如从井中，

或从某个石槽中，牧人以手   10

为给牛羊饮水而凿出的那种石槽。

太阳或任何方向来的风吹到这里，

都永远是这僻静角落的祝福，

这林中空地的水潭，这片青草。

那是大自然为自己而设的所在。

游人们不知道它，它也将永远

不为他们所知；但它如此美丽，

如果一个人在旁边筑了一间小屋，

在这些树木的荫蔽下沉睡，

让这里的水融入他每日的食粮，   20

①

约作于一七九九年十二月。

素体。M.H. 指玛丽·哈钦

森。

他会如此爱它，当他弥留之际，

它的形象会留存在他的思绪中。

因此，我亲爱的玛丽，这宁静角落

和它所有的山毛榉树，我们以你为名。

题于德文特湖圣赫伯特小岛上修道院之所在①

如果你曾在某个友人的深情厚谊中

如此快乐，你明白，有时候，

在快乐的爱中，什么样的念头

会让你的心下沉，那么你会尊重

这安静的所在 —— 圣赫伯特

来到这里，在漫长的岁月中，

远离尘嚣，也远离尘世的情谊，

独居于此。他就住在这里，

这岛上的唯一居民！此前他离开了

一个劳作的伙伴，这圣徒爱着他，　　10

像爱自己的灵魂；当他在洞穴中，

独自跪在十字架前，此时，

罗多尔瀑布的喧声如同雷鸣，

越过湖面传到他耳中；当他

沿着这小岛的水滨漫步，想起

自己的伙伴，他曾祈祷两个人

能够死于同一时刻。他的祈祷

并非徒劳 —— 我们的古史记载着，

① 作于一八〇〇年八月前。素体。此诗所写为湖区关于七世纪圣赫伯特（St. Herbert）与圣卡斯波特（St. Cuthbert）的古老传说。德文特湖（Derwentwater）：湖区的一个湖，附近有罗多尔瀑布（Lodore Falls）。

虽然这隐士在此度过他的弥留之际,

远离他挚爱的朋友圣卡斯波特,

但那两位圣徒确于同一时间离世。

以滑石笔写下的诗

写于一个废弃采石场旁石堆中最大的石头上，该采石场
位于莱德的一座小岛上①

陌生人，这堆形状不一的石头，
并不是古代的遗址，也并非
如你可能大胆想象的，是某位
古代不列颠首领的石冢；它不过是
一座小小圆顶建筑或乡间别墅
粗糙的雏形，那建筑本来将建在
这岩石崎岖的小岛上的桦树间。
但因偶然的机会，威廉爵士得知，②
一个成年的人可以从湖岸涉水过来，
在他自己选择的任何时间，都能
随意享用这一地点，那骑士
立即罢手，这采石场和那堆石头，
就是他未完成的建筑的遗存。
我书写此诗于其上的这块石头，
可能曾被选为那未来建筑的
奠基石。那将是一个工艺繁复，
古雅而奇特的用于消遣的场所；
我猜想，红雀和画眉鸟，还有其他
居住在这里的小小建造者们，

①
作于一八〇〇年八月前。
素体。莱德（Rydal, Rydale）：
湖区一村庄，华兹华斯
一八一三年至一八五〇
年的住处莱德蒙特（Rydal
Mount）就在这里。滑石笔
（slate-pencil）：滑石切割成
的笔，可在石上写字。
②
指死于一七三六年的
威廉·弗莱明爵士（Sir
William Fleming）。

10

会对它感到惊奇。但别责备他吧，

因为老威廉爵士是一位温和的骑士，

他生于这谷地，他和他的所有祖先

都属于这谷地。那么愿他安息，

对于他设想的这刺目的建筑，

完全给予谅解吧。—— 但是如果

你是这样一个人，你急切地想成为

这些山中的一个居民，如果

美丽的构思使你不安，你已经

从安静的岩石上凿下一些材料，

来修造你齐整的宅第，不久后，

它将闪着雪白的光辉；那么请三思，

想一想老威廉爵士和他的采石场吧，

把你的石材碎料留给荆棘和玫瑰，

让春天的蛇蜥在那里晒太阳，

让知更鸟在石头之间跳来跳去。

题于格拉斯米尔岛上的房屋
(一间小房)^①

①
作于一七九九年十二月至
一八〇〇年四月。素体。

②
维特鲁威（Vitruvius）：公元
一世纪的古罗马建筑师。

③
摩洛哥红（Red Morocco）：
一种红色。当时的著名建
筑师如汉弗里·雷普顿
（Humphrey Repton，1752—
1818）等，喜欢用红色本
子为主顾做设计图。

这建筑很粗朴，你也曾见过一些
别的建筑，虽然粗朴，但保持了
更加和谐的比例，多多少少
与理想中的那种优雅状态
相去不远。但既然它如此，
就接受它吧；因为我们村中的那位
可怜的维特鲁威，并没有来自^②
大都市的帮助，也从未见过展示在
摩洛哥红对开本纸页上的，^③
美丽建筑的那些尚未诞生的骨架
和预先存在的魂魄：乡村小屋，
舒适的农舍，带马车房、小棚、退居处。
这建筑是朴素的，但在暴风雪中，
小母牛会来到它的墙壁间；在这里，
新生的羔羊找到了避风的所在。
一个诗人有时候把船划到这里，
一条漂荡的小船，船上堆满了
充足的石楠以及干枯的蕨类，
这一船之物是他在群山当中

用镰刀割来的，在这屋顶下，

他铺开自己夏天的床榻，正午时分，

在这里舒展四肢；尚未剪毛的绵羊，

在厚重的羊毛下大声喘息着，

卧在他四周，仿佛它们是他

家中的成员：当他从床榻上，

透过门洞朝湖的方向看过去，

看吹拂的清风，他并不缺乏

如同睡梦中见到的可爱之境，

美好的景象，浪漫欢乐的幻影。

宠物羔羊：一支牧歌①

露水簌簌降下，星星开始闪烁；
我听到一个声音："喝吧，小东西，请喝。"
我越过篱笆看过去，看到在我前面，
一只雪白的山地羔羊，一个女孩在它旁边。

附近并无别的绵羊，只有这羔羊，
一根细绳子把它拴在一块石头上。
而那个小姑娘单膝跪在青草地，
喂那只山地羔羊吃傍晚的饭食。

羔羊吃着她手里的晚餐，看起来，
它的头和耳朵都在饕餮，尾巴欣欣摇摆。　　　　10
"喝吧，小东西，请喝。"她的语气如此，
我几乎把她的心接纳进我的心里。

那是小巴巴拉·柳丝韦特，她异常美丽，
我高兴地看着她和羔羊，这可爱的一对。
现在这小姑娘拿着空罐子转身离开，
但没有走出十码，她的脚步就停了下来。

① 作于一八〇〇年九月前。

每段韵脚格式：aabb。

她朝羔羊望过去，我身上笼罩着树荫，

她看不到我，但我能看到她脸上的神情。

如果大自然让她唱出有节奏的音乐，

我想，那小姑娘会向羔羊唱这样一支歌。

"你怎么了，羔羊？ 为什么这样拉扯绳子？

你过得不好吗？ 不喜欢你的床铺和食物？

你的这一小块青草很柔软，碧绿无双，

休息，休息吧，你怎么了，羔羊？

你要寻找的是什么？ 你有什么心愿？

你的四肢难道不强壮？ 你多么好看。

这草很鲜嫩，这些花朵美丽无伦，

你整日听见那株绿色玉米沙沙的声音。

如果太阳炽热，你只要把毛绳轻轻一拉，

这山毛榉就在旁边，你就到了树荫下；

雨，山上的暴风，那些你不用畏惧，

因为雨和暴风很少出现在这里。

休息吧，小羔羊，休息吧 —— 你忘了那天，

我父亲第一次发现你，那地方很遥远；

山上有许多羊群，但你不属于任何羊群，

你妈妈从你身边永远消失了影踪。

他抱起你，他同情你，把你带回家来，
对你那是幸福的一天！你想去哪里徘徊？
你有一个忠诚的保育员；那在高山之巅
生下你的母羊，也不可能更加和善。 40

你知道，我一天两次用这罐子喂你水喝，
从小溪中汲取的清水，那小溪最清澈；
一天中有两次，当露水打湿了地面，
我给你带来一份羊奶，温热而新鲜。

很快，你的四肢会有现在的两倍强壮，
像拉着犁的小马，那时我会把你拴在车上；
你将是我游戏的伙伴，在吹着风的冷天，
我们炉边将是你的床榻，我们家是你的羊栏。

它还是不肯休息！可怜的小东西，难道
是你妈妈的心让你感到煎熬？ 50
一些我不知道的，但或许对你宝贵的事物，
一些你看不见也听不见的梦中之物。

哎！那山巅看起来如此青翠和悦！
我听说有可怕的风和黑暗从那里降落；
那些小溪看起来如此轻快，如此逍遥，
它们发怒时，会像捕猎的雄狮般咆哮。

在这里你不需要害怕渡鸦在天空，

它不会来捉你，我们的房子就在附近。

你无比安全，不论白天还是黑夜，

那么高兴吧，休息吧，你怎么了？"

当我脚步懒散地走在回家的路上，

我不时对自己把这支歌反复吟唱。

当我一行行回顾这歌谣，我觉得，

它似乎只有一半属于她，另一半属于我。

但当我重复那支歌，一遍又一遍，

我说："属于那小姑娘的必定不止一半，

因为她的目光如此，她的语气如此，

我几乎把她的心接纳进我的心里。"

玛格丽特的痛苦①

我亲爱的儿子，你在哪里？
你在哪里？这比你死了更可怕。
来找我吧，不论你是荣是辱，
或者，如果坟墓是你的床榻，
我为什么对此无知无感？
那样我就能安息，悲伤抱怨，
就不会与你的名字相连。

哎，已经过去了七年的时光，
我没有独生子的一点消息。
我曾绝望，曾屡屡怀抱希望，
永远发现自己是徒然欢喜。
有时候幸福的念头萌生，
我伸手捕捉它们，但扑了空，
还有哪一种黑暗与此相同？

他属于人中的灼灼英华，
谁见到他都觉得赏心悦目，
出身好，教养好；我送他离家，
那时他坦诚，天真而勇武。
如果后来发生了不幸的事端，

①
作于一八〇〇年至
一八〇七年初。每段韵脚
格式：ababccc。

10

如我所言，它们不可能鄙贱，
我从不曾因羞愧而红了脸。

哎！孩子做梦也很少去想，
他投身于游戏和幼稚的事情，
他率性的叫嚷有怎样的力量，
当他母亲无意中听到那声音。
他一无所知，他不会想到：
岁月给一位母亲带来忧劳，
但并未让她的爱有丝毫减少。

他漠视我！不，曾经有很久，
我被那妄念困扰。我双目失明，
我说："我若蒙冤，骄傲会来相救；
我一直是一位慈爱的母亲，
没人比我更慈爱。"的确如此，
我的泪曾像露水把道路打湿，
当我在无人知道时为他哭泣。

我的儿子，如果你落魄贫穷，
无望得到荣誉和任何收获，
啊，不要畏惧你母亲的家门，
不要伤心痛苦，当你想起我。
我现在仿佛有更明亮的双眼，

我藐视尘世的荣华光焰，
还有幸运，她的礼物和谎言。

哎！空中的飞鸟生有羽翼，
强劲的天风会助它们高飞，
它们上升，只需短短的旅途，
流浪者就已经向乐土回归。
而我们被束缚在大地，海洋；
也许你剩下的唯一依傍，
就是渺茫的希望，像我一样。

也许一座地牢听见你呻吟，
残忍的人将你戕害，折磨；
或者，你被抛弃在沙漠中，
狮子的洞穴是你的栖身之所；
或者你已经被深海召唤，
你，你和你的所有同伴，
无声无言，在那里长眠。

我寻找鬼魂，但没有鬼魂
费力来找我；人们妄自传说，
一边是活人，一边是死人，
二者之间永远往来不绝；
因为，如果情形真的是那样，

50

60

我就能看到日夜等待的儿郎，

我等待他，以无尽的爱与渴望。

　

我有蜂拥而至的种种忧愁：

我害怕青草的窸窸窣窣，

云在天空中经过的时候，

投下阴影，也会震动我。

我徒然向万物发出疑问，

它们无一能对我做出回应，

整个世界都显得冷漠无情。

　

没有人能分担我的痛苦，

我的痛苦永远不可能释怀；

如果有谁偶然发出一声叹息，

他们同情我，而非我的悲哀。

那么，我的儿子，到我身边，

或捎来音讯，结束我的苦难，

我再没有别的亲友在这世间。

"我旅行在陌生的人们中间"①

我旅行在陌生的人们中间,
　　在海外的异国;
那之前我并不知道,英格兰!
　　我对你的爱如何。

那阴郁的梦已经过去!
　　我不会第二次离开
你的海滨;因为我仿佛
　　对你愈加热爱。

我感到在你的群山中间,
　　有我的渴望之乐;
我挚爱的人在英国的炉火边,
　　转动着她的纺车。

你的清晨显露,你的夜晚隐藏
　　露西嬉戏的树荫;
露西的眼睛最后一次眺望,
　　是望见你的原野青青。

①

约作于一八〇一年四月。

"露西诗"之一,歌谣体。

露易莎①

我在树荫下遇到露易莎。
那可爱的姑娘，我见过她，
那么我何必顾忌，
如果我说她红润，健康，敏捷，
她能在岩石之间跳跃，
如同五月的小溪？

她的微笑在世上前所未有，
它们随着自己的一种节奏，
展开，落下，升起；
它们来来去去，变化无穷，
在最后消散的时候，它们

藏在了她眼睛里。

她爱炉火，爱她居住的农舍，
但是她愿意漫游于旷野，
在雨暴风狂的天气，
当她奋力前行，逆着风向，
啊，我愿意吻去她脸颊上

①

约作于一八〇二年一月。
每段韵脚格式：*aabccb*。诗
中人物原型可能是乔安
娜·哈钦森或多萝西。

那闪光的山雨。

请将"月亮下"我的一切都拿尽, ^①

如果我能与她同坐在古洞中，   20

度过半个正午，

或在一个生满苍苔的角落，

当她起身，沿着蜿蜒的小河，

去寻找那些瀑布。

①

见《李尔王》第四幕第六

场第26—27行。

致云雀①

带我高飞！带我高飞到云中！
　　因为，云雀，你歌声嘹亮，
带我高飞！带我高飞到云中！
　　歌唱，歌唱，
你四周的天宇都发出回响，
　　托举我，引导我，直至我找到
那地方，它对你的心灵如此重要！

我在萧索的荒原上前行，
　　今天我怀着一颗疲惫的心，
　　如果我现在有仙子的灵魂，
　　　　我将向你飞翔。
你身上有狂野，你的歌声里，
　　　　有神圣的欣喜。
带我飞，带我飞，高高飞翔，
飞到你在天空中飨宴的地方。
　　　　你如清晨一样快乐，
　　你欢笑着，蔑视一切；
　你有一个巢，是你爱和休息之所；
你从来很少感觉到倦怠。

① 约作于一八〇二年三月至七月。

092

沉醉的云雀！你将不爱

做一个旅人，像我一样。

　　快乐，快乐的生灵！

你有山中河流般矫健的灵魂，

你向全能的造物主发出赞美声。

　　愿那欣喜与我们两个同在！

　　听见你，或者别的生物，

　　　像你一样愉快的兄弟，

我将继续在大地上跋涉，

独自，欣然，直至日落。

麻雀的巢①

看，五枚泛青的鸟蛋闪着光！
我很少见过比这更美的景象；
这单纯的场景，比它更欢乐，
更令人愉快的，不会很多。
我吃了一惊，仿佛看见
那家和隐蔽的床榻，
是麻雀居住在里面，
就在我父亲的房子旁边；
妹妹埃米琳和我，晴天雨天，②
　　　都一起去看它。

10

她看着那鸟巢，仿佛害怕它，
满心期待，又不敢靠近它；
她有如此的心，当时她只是
人们中一个言语絮絮的孩子。
我后来岁月中的福泽，
在我童年时就与我同在，
她给了我眼睛，给了我耳朵，
谦卑的关怀，细腻的畏怯，
一颗心，从中涌出甜蜜的泪波，
　　　还有爱，沉思，欢快。

20

①

约作于一八〇二年三月
至四月。每段韵脚格式：
aabbcdcccd。

②

埃米琳（*Emmeline*）：指多
萝西。

致蝴蝶①

留在我身边 —— 不要飞走！

在我的视野中暂且停留！

我仿佛与你喁喁而语，

你记录了我童年的往事。

飞近我，暂且不要离开！

逝去的时光在你身上重现：

你这快乐的生灵，你带来

一个庄严形象，它映入我心怀，

那是我父亲的家园。

啊！那些日子多么惬意，

当我们玩着童年的游戏，

我的妹妹埃米琳和我，

一起追逐着蝴蝶。

我像一个猎手跳上跳下，

向着那猎物发起冲锋，

穿过蕨菜和灌木追赶它。

而她，愿上帝爱她！她生怕

拂落蝶翼上的微尘。

①
作于一八〇二年三月。每

段韵脚格式：*aabbcdccd*。

095

致布谷鸟①

快乐的新来者！我已听到，
我听到你，我欢欣。
布谷鸟！我应该称你为鸟，
抑或你只是游荡的声音？

当我躺卧在草地上的时候，
我听见你不息的歌唱，
那声音似乎在群山之间游走，
回荡，回荡在四方。

对于我，你并非絮絮多言，
说起阳光与花朵。
布谷鸟！你在山谷中间，
讲述着幻象般的时刻。

春天的宠儿！我给你三重欢迎，
你并非鸟，在我眼里，
你是一个看不见的精灵，
一个声音，一个谜。

① 约作于一八〇二年三月。

歌谣体。

096

当我还是上学的少年，
我倾听你，那声音，
使我朝千百个方向观看，
灌木丛，树上，天空。　　　　　　　　20

为寻找你，我常常四处徘徊，
穿过树林，在青草地上；
你始终是一种希冀，一种爱，
从未被见过，始终被渴望。

现在我也会侧耳谛听，
我会躺卧在平原，
倾听你，直到在我心中，
那黄金时代重现。

神圣的鸟！我们行走的大地，
仿佛改换了形象，　　　　　　　　　30
又变成缥缈的仙人国度，
那属于你的家乡。

"我的心跃起，当我看到" ①

我的心跃起，当我看到
　　天空中的一道彩虹；
在我的人生开始时如此，
现在我成年后依然如此；
愿我仍如此，当我已衰老，
　　否则我不如无生！
孩子是成年人之父；
但愿对大自然的敬虔，
把我的日子一一紧密相连。

①

约作于一八〇二年三月。

韵脚格式：*abccabcdd*。

致六岁的 H.C.①

你！你的幻想来自遥远的地方，

你用词语编织了一件虚幻的华服；

你以清风般的举动，自发地歌唱，

巧妙地表达无以言表的思绪。

你这仙子般的航行者！

你漂浮在水上，那水如此明澈，

看起来就仿佛你的小舟，

泊在空气中，而不是尘世的水流，

悬浮在天空般明净的清溪，

天与地在溪水中融为一体。

幸福的幻象，快乐的孩童！

你是如此雅致而率性；

想到你，我生出许多疑惧，

未来有怎样的命运等待着你。

我想到痛苦有时会是你的客人，

它反客为主，役使你的善意；

哀恸，那焦灼的恋人！它不肯安宁，

除非它坐的地方能触摸到你。

唉，忙碌不休的愚妄，

① 约作于一八〇二年三月至六月。韵脚格式：主要为双行体。H.C.：指哈特利·柯尔律治（Hartley Coleridge），柯尔律治的长子。

10

唉，虚空的无端的忧伤！

大自然要么干脆将你的人生中断，

或者延长你快乐的时间，

赋予你一个独有的特权，

在成年的羊群中保持羔羊的心。

与你何干？ 悲哀，

或者明天的伤害？

你是一颗露珠，属于晨曦，

注定不推推挤挤，受到恶意的震惊，

也不会被拖曳在污浊的大地；

你如一颗活的宝石，它光芒闪耀，

然后并无任何征兆，

一碰到不公不义，它毫不相争，

刹那间从生命里消失了影踪。

作于三月

在兄弟湖边的桥上休息时①

公鸡啼鸣，

溪水淙淙，

小鸟歌唱，

湖面闪着光，

青青的草地在阳光下安眠。

老者与少者，

与壮年人一起劳作；

吃草的那些牛，

并不抬起头，

有四十头牛吃草，像一头牛一般。   10

如战败的军队，

雪已经撤退，

在赤裸的山上，

正度着惨淡时光；

扶犁的少年高呼着，一声声；

群山洋溢着欢乐，

泉水生机勃勃，

朵朵微云飘移，

蓝天君临大地，

雨已经过去，无影无踪。   20

①

约作于一八〇二年三月。

每段韵脚格式：*aabbcddeec*。

兄弟湖（*Brother's Water*）：

湖区教堂石山口（*Kirkstone Pass*）附近一小湖。

"我爱的人与一切可爱之物同在"①

我爱的人与一切可爱之物同在,
她注目于群星, 还有种种花朵,
它们生在她家旁边; 但我明白,
她不曾见过萤火虫, 从未见过。

一个暴风雨夜, 在她家旁骑马时,
我碰巧见到一只独飞的萤火虫。
看到这情景, 我心中欢喜,
我从马上跳下来, 喜不自胜。

我把萤火虫放在一片叶子上,
我要带着它穿过这暴风雨夜。
它依然闪着光, 并没有沮丧,
虽然它的光显得有一些微弱。

当我终于来到我爱之人的家,
我悄无声息地走进果园中,
把萤火虫放在一棵树下,
我祝福它, 平安自照的萤火虫。

①

作于一八〇二年四月。每段韵脚格式: abab。此诗所记是华兹华斯与妹妹多萝西之间的一事。

第二天一整天我都在惧怕中期盼，
到了晚上，萤火虫在树下闪烁；
我带露西来到那地点，"你看！"
啊，她多么快乐，正如同我。

20

绿山雀①

五月再次来临；多么快乐，
在我果园中的椅子上闲坐！
我再一次问候鸟和花朵，
　　我去年的朋友；
它们依次占据我的思绪，
有时我喜悦一片低语的叶子，
有时我与一只鸟游戏，
　　它将我的幻想牵留。

我注意到一只最欢乐的来客，
在这幸福生灵们的隐蔽所。
你好！你的声音与羽翼之乐，
　　别的鸟无法相比；
你，山雀！你穿着绿色衣衫，
你是执掌这里的精灵，今天，
你引领着五月的狂欢，
　　这里是你的领地。

当群鸟，蝴蝶，花卉，
汇成一支恋人的乐队，

①

约作于一八〇二年四月
至七月。每段韵脚格式：
aaabcccb。

104

你在树荫里上下翻飞，
　　你独往独来；
你是生机，你的存在如空气，
你无忧无虑挥洒你的欢喜，
你太幸福，不需要伴侣，
　　你自身已自在。

几株榛子树矗立在那边，
随着轻风，微光闪闪，
看！它欣喜地栖息在树间，
　　又仿佛悬停在空中；
在那儿！当它振动着翅膀，
在它的后背和身体上，
投下阴影和斑驳的阳光，
　　覆盖了它全身。

当它这样在我眼前闪烁，
它与那些叶子难以区别；
转眼它唱出一支短歌，
　　那歌声有如泉涌；
就仿佛是它欣然蔑视
并嘲笑自己伪装的形体，
当它与一串串叶子一起，
　　在树丛中翩翩舞动。

致雏菊①

年轻时我在巉岩间游荡，
心中焦躁，从山岗到山岗，
那种欣喜既不安又高亢，
　　最焦躁时最为欣喜；
但现在我创造自己的欢乐，
口渴时我畅饮于每一道流波，
我愿分享自然给予你的爱悦，
　　你，美丽的雏菊！

当短暂的和风抚慰了冬天，
你装点着冬天头上的花环，
将它的几茎白发依稀遮掩；
　　春天你必定在场；
都属于你，夏天的辽阔原野；
还有秋天，那忧郁的时节，
它因你深红的花而喜悦，
　　当雨落在你身上。

你成群结队，如舞者的队伍，
迎向旅人，在他行走的小路；
一次受到欢迎你就心满意足，

①

约作于一八〇二年四月
至七月。每段韵脚格式：
aaabcccb。

106

你不会被吓走；

也不在乎自己是否被忽略，

我们常常在偏僻的角落，

邂逅你，如同快乐的思索，

在亟需它们的时候。

就让紫罗兰在其隐秘之处，

被任性的西风选中为徒侣；

让玫瑰骄傲吧，当雨珠露珠，

在它头上闪烁；

你没有那样的勃勃野心，

但你也并非默默无闻，

因许多缘故，你已变成

诗人最爱的花朵。

如果他到一块岩石下躲雨，

或四月里的某个灿烂日子，

他被炽热的阳光所拘，

躺在苍翠的冬青旁；

到最后他已经疲惫不堪，

那时他只需环顾，看，

你在那儿！像朋友在身边，

驱走了他的忧伤。

在岩石或树荫旁，有一百次，
我这样躺卧不到一小时，
就已经从你甜蜜的力，
　　汲取了某种理解，
某种稳定的爱，片刻的温馨；
某种回忆，它本已不见踪影；
某种或对或错的想象之乐声，
　　或漫无边际的幻觉。

当庄严的激情燃烧在我心间，
如果我无意看了你一眼，
我就会选择更寻常的水罐，
　　啜饮更低微的乐趣；
人性滋养了朴素的同情，
使我们关注平凡的生命，
这智慧宜于那样的心灵，
　　他们悠闲自如。

当上午的阳光照得我萎靡，
我见你精神抖擞，欣然而立，
快乐之花！我的灵魂与你一起，
　　应和着同一节拍；
薄暮时，当我注意到在地面，
你俯伏着身体，如拜谢一般，

那时我总不免心有所感，
　　我感到真正的忠爱。

在整个白日，春夏秋冬，
我还得到你的另一种馈赠，
不论我在哪里与你相逢，
　　我都要为此感谢你；
那可称为本能，盲目的倾向，
一种愉快而宜人的影响，
我不知它如何来，来自何方，
　　或者它往何处去。

岁月之子！你所走的路线，
圆转不穷，你爱太阳，勇敢，
你欣然迎接每一日的开端，
　　如同清晨的小野兔；
你将被诗人长久赞颂，
未来的人们将对你愈加爱重，
你得到了大自然的恩宠，
　　而这并非虚无。

70

80

致雏菊[①]

轰轰烈烈的世界中的事，
在这里可做可见的寥寥无几。
我常对你说话，美好的雏菊！
　　你配得上这殊荣。
你这大自然的平凡之花，
从不张扬，面容朴素无华，
但从中又透出某种优雅，
　　那是爱为你而生成。

我常常悠然坐在你身边，
把比喻的网络编织，串连，
各种梯度的事物，松松散散，
　　因你而起的念头；
很多痴妄虚幻的名字，
褒贬不一，我以它们称呼你，
依着我当时游戏中的心绪，
　　当我注视你的时候。

一个修女，举止谦恭而羞涩；
或爱之宫廷的女郎，很活泼，

①

约作于一八○二年四月
至七月。每段韵脚格式：
aaabcccb。

你经不起任何一种诱惑，

　　因为你的单纯；

一个戴红宝石王冠的女王，

一个饥饿者穿着褴褛衣裳，

这些似乎都吻合你的形象，

　　都是你的名称。

小小的独目巨人，瞪着眼，[①]

仿佛在威胁，仿佛在挑战，

这是接下来的念头 —— 转瞬间，

　　这奇想就已结束；

那形象消失了，快看过来！

一面镶着金凸饰的银盾牌，

它在战斗中煌煌展开，

　　掩护某个勇敢的仙子。

我从远处望见你光彩莹莹，

那时你是一颗美丽的星，

天空中固然有许多星辰

　　比你更加娇娆；

但你确如一颗星，头饰闪闪，

仿佛无所依凭，在空气中轻悬，

谁若责备你，那么他的家园，

　　将永不得静好。

20

30

40

[①] 独目巨人（Cyclops）：古希腊史诗《奥德赛》中的巨人。

美好的花！当我的幻想已逝，

最后我以这名字称呼你，

我紧紧依于这名字，

　　美好而无言的花朵！

你与我呼吸在阳光空气中，

你的快乐常修复了我的心灵，

而你也把你温顺的秉性，

　　分了一份给我。

致同一花朵（雏菊）①

明亮的花朵，你无处不在！
勇敢的朝圣者，被自然青睐；
漫长的一年里你继承下来
　　种种欢乐悲伤。
我觉得在你的身体中，
存在着与人的一种共鸣，
而别的花，我环顾森林，
　　都并非这样。

人难道不是会轻易陷入忧郁？
不思之物！　一旦失去幸福，
他就很少依赖自己的回忆，
　　或依赖他的理性。
你能否教给他应当如何，
风怎样吹都能找到栖身之所，
如何找到希望，在困厄时节，
　　在春夏秋冬？

你在广大世界里漫游，
从不受制于傲慢或烦忧，

①
约作于一八〇二年四月
至七月。每段韵脚格式：
aaabcccb。

有朋友欢迎你，抑或没有，

　　　你总是乐观，高兴；

温和的你顺应每一时刻，

忍耐来自于万事万物的一切，

你履行着使徒一般的职责，

　　　那职责在平静中完成。

致蝴蝶①

我已注视你半小时的时光，
当你悬停在那金黄的花朵上。
小蝴蝶，我真的不能分辨，
你是在熟睡还是在进餐。
你一动不动！大海结了冰，
也不会比你更静止！然后，
怎样的快乐等着你，当微风
在树丛中找到你的影踪，
再次召唤你出游。

这片果园属于我们的治下，
是我的树木，我妹妹的花。
你疲倦的时候请在此停歇，
在此休息，如同在庇护所。
不要怕，常来访问我们，
停在我们旁边的树枝上。
我们将说起阳光与歌声，
说起我们小时候夏天的事情，
那些童年的日子悠长恬静，
一天有现在二十天那样长。

① 作于一八〇二年四月。第
一段韵脚格式：*aabbcdccd*；
第二段韵脚格式：
aabbcdcccd。

10

115

"这些椅子它们没有话要说"①

这些椅子它们没有话要说，
壁炉里也没有火跳动闪烁，
屋顶和地面石头般沉默无声。
我的房间静悄悄的，
　　　我独自一人，
　　　独自而高兴。

啊！　谁会害怕生活？
激情，忧伤，争夺，
　　　如果他可以躺在这里，
　　　这样容易就得到荫蔽？
他可以平静地躺在床上，
快乐地，像那些死者一样。

半小时后
太阳滋养了我的思绪，
我看到的种种，
都为我所欢迎，
无不如此。
我不愿意躺卧，

①

约作于一八〇二年四月。

死亡，死亡，

死亡，没有陪伴者。

　　而在这里，我独自在床上，

怀着太阳滋养的思绪，

还有——为我所欢迎的希冀，

我很快乐。

啊，生命，围绕着你，

有一种深沉甜美的宁静；

我不愿失去你，

　　停留吧，停留！

但你要永远像现在这样，

甜蜜，呼吸，死一般安详，

　　宁静，宁静，宁静。

致小白屈菜^①

三色堇，百合，金凤花，雏菊，
就让它们靠着赞美度日。
只要有太阳，太阳会西落，
报春花都将保有其辉煌。
只要紫罗兰存在于世界，
它们就会在故事中出场。
但有一种花将为我所钟爱，
它就是那小小的白屈菜。

有些人的眼睛远远搜寻，
为了要寻找到一颗星。
他们环顾天宇，上上下下，
他们是一个喧哗的群体；
我相信我与他们一样伟大，
自从我发现你的那一天起。
小白屈菜！我也要发出声响，
就像伟大的天文学家一样。

你很谦恭，但却是一个
勇敢的精灵，你从不吝啬。

自从我们大约第一次遇见，

我处处都会与你相逢，

就这样过了三十多年时间，

但我并不熟悉你的面容。

而如今无论我走到哪里，

我每天都问候你五十次。

20

当灌木丛还没有叶子萌生，

时节尚早，画眉鸟的心中，

还丝毫没想到筑巢的时候，

你不需盛邀就已经到来，

舒展开你闪光的胸口，

仿佛一个浪子般了无挂碍。

你说起关于太阳的故事，

当我们只有隐约的暖意。

30

诗人，情绪多变的虚荣的人！

他们追随着人群而动。

不要理会他们；我发誓，

他们任性而随意地求爱。

但那住在农舍里的俭朴女子，

她在家中很少走出门来；

在农舍旁看到你她多么高兴，

春天正来临，当你已来临。

你欣慰于自己的品格，

善良的精灵！你这样谦和。

你不介意周围的环境，

而露出你欢乐的面庞，

在荒野上，在树林中，

在小径 —— 一切地方；

不论那地方有多么贫寒，

你都觉得满足了你的心愿。

那些黄花不会有好结果，

它们属于短暂的辉煌时刻。

毛茛决意要被人们看到，

不论我们是否愿看到它们；

还有别的花朵，那样高傲，

它们的举动如同世俗之人，

它们把给你的赞美掠过来，

小小的，谦卑的白屈菜！

你是预言快乐的先知，

在尘世被冷落，被轻视！

你是浩荡队伍的先行者，

随你而来的是欢乐的长队。

在心灵的召唤下，我将欢歌，
当我在小径上将思绪追随。
我将为你唱出赞美的诗篇，
我理应把我爱的事物颂赞。

致同一花朵（白屈菜）^①

新发现的快乐多么甘甜，
当它们就散落在我们脚边。
去年二月我第一次看见你，
我的心中感到十分喜悦；
你还从来不为世人所知，
然而，白屈菜，我猜测，
很久以前你必定被人称赞，
虽然我对此一片茫然。

不论他是一个怎样的人，
有一点我心中毫无疑问，
当那人第一个用尖锐的光芒
（这样的巧匠应被封为圣徒），
在做记号的版上画出火光，
他这样描绘初升的旭日。
我想他那时忽然有了灵感，
必定是瞥见了你耀眼的容颜。

不久，当和煦的微风吹起，
带来了冬天已离去的消息，

① 约作于一八〇二年五月。

每段韵脚格式：aabcbcdd。

122

孩子们布置树荫下的隐蔽所，

他们在头巾大小的地面上，　　　　　　　　　20

到处插满盛开的花朵，

拥挤如牧人羊栏里的绵羊。

你与那些最骄傲的花朵并立，

垂幔般装饰着那一小块土地。①

我常叹息，当我将快乐独享，

我只能一个人将它度量，

我叹息，当我想到一本书，

也许只有我一个人读过。

但长久以来我对你熟视无睹，

你和你冠冕般的明亮花朵，　　　　　　　　30

你的多智，你的聪慧，

还有其他种种对你的赞美。

一星期一星期的时间里，

你欣然玩着捉迷藏的游戏。

当报春花在寒冷中枯坐，

忍耐着，像乞丐一样，

你，你这更聪明的花朵，

躲进了你安全的船舱。②

但当你们全部重新出现，

你的光彩不亚于任何同伴。　　　　　　　　40

你并非远在海角天涯，

而是就在"我们的足下"。①

就让别人在四海漫游，

如同那位垂老的麦哲伦，

谁愿修金字塔就让他去修，

如果有哪怕三四个人，

会爱上我这小小的花朵，

对我的赞许就已经够多。

决心与自立①

昨晚一整夜大风都在呼号，
暴雨骤然而至，瓢泼如注，
但现在朝阳静静升起，光芒朗照，
遥远的树林里传来鸟的鸣啼。
欧鸽自得地发出动听的私语，
喜鹊嘈嘈切切，松鸦做出回应，
到处的空气里都充满了欢快的流水声。

万物凡热爱太阳的都不肯闭藏，
黎明的诞生让天空一片喜色。
草地闪耀着雨珠，在旷野上，
一只兔子喜不自胜地飞奔跳跃，
它的脚在湿漉漉的土地上踏过，
扬起一团雾，在旭日下闪着光辉，
无论它跑到哪里，那团雾都在它身后紧随。

那时我正信步走在旷野之上，
我看见那喜悦的兔子四处飞奔，
听见林中的风声，远方轰鸣的水响，
又仿佛充耳不闻，我像少年般高兴；

①
作于一八〇二年五月。每
段韵脚格式：ababbcc。

10

这欢乐的时节占据了我的心,

我从前的记忆全部离我而去,

还有人的一切做法,那样虚妄,那样忧郁。

但有时候当我们在至乐中逍遥,

欢乐在我们心中无法更上一层,

我们在欢乐中攀升到多高,

就会多么深重地跌入消沉。

那天清晨我就是这样的情形,

一层层恐惧和杂念蜂拥而至,

隐隐的忧伤,陌生而无名的迷茫思绪。

我听到在天空中歌唱的云雀,

我想到那只兔子多么快乐无忧。

我也是大地之子,也同样欢乐,

我的境况不异于这些喜悦的鸟兽,

我走在旷野,远离尘嚣和一切忧愁。

但将来我也许会遇到另一时日,

孤独无依,痛心,艰难困苦,还有贫窭。

我的所有日子都在欣欣然中度过,

仿佛生活这件事如同夏日的心情,

仿佛只要我深信,我所需的一切,

会不请自来,种种好处会源源不尽;

但是一个人如何能指望别人，　　　　40

为他建造，播种，只要他招招手，

就去爱他，如果他从不想到为自己绸缪？

我想起那位天才的少年查特顿，　　①

那英年早逝的灵魂曾彻夜无眠；

我想起另一位在山坡上的诗人，

自豪而欢快地走在犁铧后面。　②

凭自己的精神，我们如神一般。

我们诗人在年轻时兴冲冲开场，

但到最后，等待我们的却是沮丧与疯狂。

这时，或许是命运的有意安排，　　　　50

或许是上天指引，赐予我礼物，

总之，在这样一个孤寂的所在，

当我的心念正这样上下驰逐，

当我挣扎着抵挡不祥的思绪，

我蓦然在我前面看见一个人，

白发苍苍的老者里，无人比他更老态龙钟。

当我看到那老人在裸露的旷野上，

我立即停住脚步，不再前行。

他独自伫立，临着一个水塘，

在水塘的对岸；我望着他的身影，　　　60

①

查特顿（ *Thomas Chatterton*，
1752—1770）：作家，因
贫穷无名而自杀。

②

指罗伯特·彭斯（ *Robert
Burns*，1759—1796）：苏
格兰诗人。

大约过去了一分钟，他依然不动。

然后，我向水塘对岸走过去，

这期间那老人一直清晰呈现在我的视野里。

如同人们有时会看到一块巨石，

高踞在某座光秃秃的山顶上，

所有见到它的人都不由得惊异，

不明白它如何到那里，它来自何方，

它看起来仿佛具有知觉思想，

像一只海兽从大海里爬出来，

伏在一块凸出的岩石或沙子上，将自己曝晒。

那老人也仿佛如此，非死非生，

也非沉睡；他是这样衰朽支离，

身体佝偻，在漫长的人生旅途中，

他的头和脚几乎重叠在一起，

仿佛被某种可怕的痛苦钳制，

或者很久以前他曾经暴病一场，

那疾病把人不堪承受的重负压在他身上。

他拄着一根削去枝条的灰色长棍，

支撑着他的躯干，四肢，脸，

当我脚步轻轻地向他走近，

在小水塘边，那旷野的流潦边，

他一动不动，像一块云一般，

那云丝毫听不见大风的疾呼，

如果它有所移动，也是整个地推移。

终于，他缓缓地伸手用木棍，

搅动着泽中的水，然后他瞩望，

目不转睛地注视着浑浊的水中，

仿佛是在把一本书细细参详。

我尽量不让自己显得冒昧鲁莽，

当我走近他身边，对他说道：

"这清晨于我们而言，是晴好一天的预兆。"

那老人对我做出温和的回答，

他出言一字一字，彬彬有礼。

然后我又对他说出下面的话：

"你此时正做的是怎样的事？

这荒寂的所在与你并不相宜。"

他回答我时流露出喜悦与意外，

在他说话的时候，他的眼睛有一种光彩。

他虚弱的胸口发出的声音也虚弱，

但那些字一一排列成庄重的次序，

他的语气有一种近乎崇高的风格，

斟酌的用词，缓慢从容的语句，

不是常人所能；那样高贵的言语！

仿佛出自严肃的苏格兰人之口，

他们是虔诚的，对神对人都恪尽自己的职守。

他到这水塘捕捉水蛭，他告诉我，

因为他是这样衰老而贫穷，

这是令人疲惫的危险劳作，

他为此需要忍受种种艰辛，

110 他走过一个个水塘，在旷野穿行，

在神的保佑下，他选择住宿之地，

或者随遇而止，就这样维持着清白的生计。

那老人继续说着，就在我身边；

但于我，他的话如同隐隐的溪声，

我无法把他的词语一一分辨，

就仿佛这位老人的整个身形，

都像我在梦中遇到过的某个人，

或者仿佛一个来自远方的使者，

被派来给予我人的力量，郑重的训诫。

120: 我先前的念头涌回来：刺骨的恐惧，

一直不肯得到满足的希望，

冷，痛，劳碌，肉体的各种疾苦，

雄伟的诗人在困厄凄凉中死亡。

于是，我像没听见他的话一样，

急切地再一次提出我的疑问：

"你究竟怎样生活？你以什么为生？"

他微笑着把先前的话又说了一遍，

他说道，为了能够捕捉水蛭，

他走遍远近的地方；在他脚边，

他搅动着池水，水蛭就在那里。　　　　　130

"从前，我到处都能找到水蛭，

但很久以来它们的数量慢慢减少，

但我不放弃，能找到它们的地方我总能找到。"

他这样说的时候，那孤寂的环境，

那老人的身形言语，都令我迷惘；

我在脑海中仿佛看见这老人，

不停歇地走在令人疲惫的旷野上，

独自一人，默默无言地流浪。

当这些念头在我心中浮现，

他停顿了一会儿，然后再次说出同样的语言。　　140

不久，他将这话题与别的话糅合，

他的语气是愉快的，神色蔼然，

但总不失庄重；他说完的那一刻，

我几乎要嘲笑自己，当我发现，

如此坚定的灵魂寓于那风烛残年。

我自语:"愿神扶助我,将我支撑,

我将回想起孤独的旷野上这捕捉水蛭的老人。"

"我们的快乐城堡里住着一个人"①

我们的快乐城堡里住着一个人，
我若忽视他，可称是一种错误，
因为太阳照耀的一切生物中，
没有谁比他在这里更虔诚而快意。
他依赖于闲暇，如同依赖一本书。
他会在他自己的时间里漂荡，
像一只青蝇漂荡在夏日的小溪，
但你若明天去找他，今天也不妨，
他已无影无踪，没有人能说清他的去向。

就这样他常离开我们平静的家园，
在别处找到了乐趣或想做的事情。
他游荡到了我们这谷地外面，
有许多次，在暴风雨的黑夜中，
从附近山上传来他的声音。
我们常赫然看到，正午之时，
他在耀眼的阳光下奋力前行：
他怎么了，他要做出什么事？
我们这几个安静的人不由得大为惊异。

①

作于一八〇二年五月。每段韵脚格式：*ababbcbcc*。诗中两个人物的原型为华兹华斯、柯尔律治。

10

唉！你看见他会觉得颇为悲哀，

当他如枯萎的花回到我们这里，

或如一个有罪的生灵般面色苍白，

他会躺下，浑身没有一点气力，

凝视着寻常的草，一小时一小时。

常常，有多长的时间我不敢讲，

在繁花盛开的苹果树树荫里，

他会躺卧着，那里透着阳光，

他会沉沉睡去，像赤裸的印第安人一样。

我们几个温和的人都觉得吃惊，

每当他离开我们的这个山谷，

因为还没有哪个生物的灵魂，

比他更快乐，当他在此度过长日。

有人觉得他恋爱了，将爱情追逐，

有人做出更坏的猜测，冤枉了他，

但他其实是与诗结成了伴侣。

他的头脑如暴风雨一样强大，

它降临于这疲惫的人，一路驱赶着他。

还有一个人常与他亲密同行，

躺在苍苔上，小溪或树的旁边，

一个醒目的人，大而黑的眼睛，

脸色苍白，从他脸上似乎能推断，

无疑那本该是一张红润的脸。

他的下唇常显得沉重而松弛，

那张神圣的脸上有天赋的痴癫。

他的额头透出深刻，但并不严厉，

而确实有些人在想，他何以出现在这里。

啊，上帝保佑！他在此是情理之中。

他很吵闹，像一个少年喜爱游戏，

他的四肢会因快乐而胡乱摇动，

仿佛大风吹来时摇晃的树枝。

他不缺乏工具，器具，玩具，　　　　　　　　50

以消磨那些沉默无言的时间。

他简直能教导你应如何度日，

真的有许多人来到他跟前，

他们总不虚此行 —— 他的发明很罕见。

他有很多工具可以让耳朵愉悦，

他躺在地上，拔的长草放在周围，

这些草能将吹过来的风捕捉。

他有一些颜色鲜艳的玻璃杯，

还有各种小物展示在别的杯内；

包括那只甲虫，它色彩斑斓，　　　　　　　　60

像一个战斗日的天使甲胄生辉；

花叶，草，或碧绿，或金灿灿，

还有仙子们才见过的各种各样的奇观。

他会引那另一个人来听他的音乐，
向他展示自己的那些悦目之物；
这两人深爱着对方，千真万确，
此地还没有见过那样深的情意。
他们躺在那里，远离红尘的劳碌，
如此幸福的人诚然罕见于世上！
70 如果只有一只鸟与他们一起，
或者一只栖落的蝴蝶，我想，
他们也喜不自胜，仿佛它是妙龄的女王。

"我为波拿巴感到痛心，一种徒劳" ①

我为波拿巴感到痛心，一种徒劳，

一种不假思索的痛心！那个人的心灵，

依赖于怎样的血液？是什么养分，

哺育了他的初衷？什么知识他能得到？

一个当权者必须智慧，善良美好，

我们从年少培养他，不是在战斗中，

我们循循节制他严肃的头脑，

和之以慈母般的，女性的柔顺。

智慧总有孩子们围绕在她膝边；

书籍，闲暇，完全的自由，以及

一个人在心灵所时时从事的活动里，

与普通人进行的交谈；真正的威权，

沿着这些梯度而上；真正的权力，

生于这一枝干；其权利也来自此间。

①

作于一八○二年五月。
十四行，韵脚格式：
abbaababcddcdc。诗中的
波拿巴指拿破仑·波拿
巴（1769—1821）。

10

137

致睡眠①

温柔的睡眠！这些遗忘的瞬间，
是不是属于你？你喜欢的是
恬然而坐，仿佛孵卵的鸽子，
一个从不希望获得自由的囚犯。
而这个疲惫之夜，睡眠！于我而言，
你如一只青蝇在一条不安的小溪，
上上下下地蹿动，忽而飞起，
忽而落在因被嘲弄而烦乱的水面。
我没有，并没有需忍耐的苦痛，
所以我像个孩子般焦躁，恼火。
我愿意你偶尔的时候是我的敌人，
但我无时无刻不想着与你和解。
温柔的睡眠！不要这样对我无情，
让我这一次深深地被你所惑。

① 约作于一八〇二年五月至年末。十四行，韵脚格式：*abbaabbacdcdcd*。

138

致睡眠①

不慌不忙走过去的一阵羊群，

一只羊接着一只羊；雨的声响，

嗡嗡的蜜蜂；激流，风，海洋，

平野，莹白的水面，纯净的天空 ——

这些我都一一想过，但我仍清醒，

不能入睡；很快我将听到小鸟歌唱，

最早的鸟鸣来自我果园里的树上，

还有第一只布谷鸟忧郁的啼声。

我就这样躺卧，昨夜和此前两晚，

睡眠！我无法悄悄地赢得你。

不要让我走向夜晚，身心疲倦，

没有你，清晨的丰足有何益处？

来吧，你像可贵的屏障隔开了两天，

你，清新思想与快乐健康的慈母！

10

①

约作于一八〇二年五月至
年末。十四行，韵脚格式：
abbaabbacdcdcd。

致睡眠①

睡眠！人们常把痴痴的话说给你听，
你有许许多多无比温柔的名字，
幻想所拼缀的那些最美好的词语，
当人们心中的感激强烈而深沉。
我们称你心肝至宝，你把一切苦痛，
都在丰厚的回报中浸润；你是香脂，
缓解一切焦灼；是圣徒，带走恶意，
也带走阴谋；你潜入人们的灵魂，
像一阵清风吹自天空。难道只有我，
而毫无疑问，我的本性并非不良善，
只有我称你是肉体遭遇的酷虐君王？
你与人为敌，固执地认可或拒绝，
甘心被从不为你祈祷的人们驱遣，
却总迟迟不来，在最需要你的地方！

① 约作于一八〇二年五月至年末。十四行，韵脚格式：abbaabbacdecde。

140

"我不是一个热衷于那些的人"^①

我不是一个热衷于那些的人，
说家长里短，以增添火炉边的乐趣，
谈论朋友，他们的家步行可及，
谈论我每天每星期都能看到的邻人，
还有我偶然认识的人，出众的女性，
儿子们，母亲们，在枝头凋谢的少女。
这些都从我心头消散，如同用粉笔，
于盛宴之夜画在富人地板上的图形。^②
胜于这种言谈的是长久的沉默，
长久，空茫的沉默更合于我心愿；
坐着，没有悲喜，期待，或目标，
在我半是厨房半是客厅的火炉边，
听炉中的火焰毕毕剥剥燃烧，
或者听水壶低吟着模糊的歌。

你说："但生活就是生活；我们有所见，
正看见；我们描述时带着生动喜悦；
偶尔一阵活泼的尖刻，只不过
是为了诱使我们的头脑不要懒散；
品评和讥刺能使人心智健全，

① 约作于一八〇二年五月至一八〇四年三月。每段相当于一首十四行诗。
② 指引导跳舞者脚步的画线。

培养了爱本身，还有欢笑快乐。"

权当如此。但请不要算上我，

在你们俗世真正的俗人队伍中间！

孩子是幸福的强者；他们的天地

更均衡，一部分就在他们脚旁，

另一部分很遥远；最动听的旋律，

是那些因距离而更为动听的乐章；

谁的心灵只限于他的双目所及，

谁就是奴隶，微贱的奴隶不过这样！

我们是生有羽翼的，不论身在何处，

我们都能找到欢乐：旷野，森林，

瀚海，长空，都滋养了一种心境，

那心境将崇高感赋予低微之物。

梦与书都各成一世界。我们知道，书，

是实实在在的世界，美好而纯正；

有藤须缠绕着它们，血肉般强韧，

由此将生出我们的消遣和幸福。

在那里我找到了永不枯竭的宝藏，

供给我个人的话题，我最爱的那些，

一说到它们我就变得言语滔滔；   ①

我只提我最心爱的两部杰作；

那嫁给了摩尔人的温柔女郎，

还有超卓的乌娜带着她乳白的羊羔。 ①

这两本书指莎士比亚
的《奥瑟罗》与斯宾塞
（Edmund Spenser）的《仙后》。

我也有理由相信，在这些中间，

我获益良多；就这样我的日子

远离了口舌；我从不寻找怨怒，

它也远离我，还有恶意的真话谎言。

于是我怡然度日，我有平和的情感，

平和的言语，快乐的思绪。

就这样，我的小船日复一日，

轻轻摇荡，安然停泊在它的港湾。

让我们祝福他们，永远赞美他们，

他们给了我们更高贵的爱与关切，

那些诗人，他们在尘世用天国的歌，

让我们继承了真理和纯粹的欢欣。

啊！愿我的名字能跻身于他们之列，

那时我甘愿结束我终有一死的生命。

"俗世离我们太切近；过注，来日" ①

俗世离我们太切近；过往，来日，

攫取，消费，我们毁了自己的才能，

我们在自然中所见的很少属于我们；

我们送掉自己的心 —— 卑污的赠予。

这大海将自己的胸怀向月亮袒露；

那些会在一切时间都呼啸的风，

此时如同沉睡的花朵一样收拢；

与这，与一切，我们都格格不入；

它不触动我们。伟大的神！我宁可

是一个异教徒，被古旧的信念哺养，

那么，站在这芳草地上的时节，

我瞥见的景象就不会这样令我绝望，

我就会看到普劳图斯来自海波，

或者听到老特里同把他的螺号吹响。②

① 约作于一八〇二年五月至一八〇四年三月。十四行，韵脚格式：*abbaabbacdcdcd*。

② 普劳图斯（*Proteus*），特里同（*Triton*）：古典神话中海洋里的神。

144

纪念莱斯雷·卡尔弗特[①]

卡尔弗特！若我的名字使一些人仰看，
那么他们一定不能不知悉此事：
我早期多年的自由都是你所赐予。
你挂怀于此，当疾病使你虽在盛年，
你的树根与树干却都无望地枯干。
你关心的是，如果我节俭而严谨，
我就可以恣意漫游，可以最终
在我的圣殿上饰以缪斯的冠冕。
因此，若我在自由中一直热爱真理，
若有纤毫的纯洁，善良，卓越，   10
存在于我过去的诗篇，未来的吟唱，
那些我目前正思索的更崇高的歌，
你这夭折的高贵青年！我感到欣喜，
这其中有多少都是对你的称扬！

① 作于一八〇二年五月至一八〇四年三月。十四行，韵脚格式：*abbaaccadefedf*。莱斯雷·卡尔弗特（*Raisley Calvert*, 1773—1795）：华兹华斯的同学威廉·卡尔弗特（*William Calvert*）之弟，他留给华兹华斯一笔遗产。

"远方那条船要驶向的国度在哪里？"①

远方那条船要驶向的国度在哪里？
它兴高采烈地出发，秩序井然，
如同清晨的一只云雀精神饱满，
它是驶向热带的骄阳，雪的极地？
又何必去询问呢？它并不在意
朋友或敌人；就让它去它可去的地点，
它遇到的是熟悉的名字，在它前面，
永远有一条熟悉的道路，有风吹起。
但我仍要问它的终点是哪一个港口？
几乎如同在船只仍很稀有的年代，
当它们像朝圣者零零星星而来，
在水上驶过；疑虑和某种隐忧，
某种深深的敬畏，对古老的大海，
伴着我，当你这快乐之船告别的时候。

①

约作于一八〇二年五月至
一八〇四年三月。十四行，
韵脚格式：*abbaabbacddcdc*。

146

"大海上远远近近点缀着航船"①

大海上远远近近点缀着航船，

如天上的繁星，这欢乐的情景；

有的船抛下锚，在航路上固定不动，

有的不知为何上上下下地转弯。

这时候我看到一条潇洒的船，

从一个宽阔的港口驶来，像个巨人，

生气勃勃地顺着海湾大步而行，

船上有种种器具，高高的桅杆。

这条船于我无关，我于它也如此，

但我追随着它，以恋人般的目光；

我偏爱这条船，胜过其他所有船只，

它将在何时转向，它驶向何方？

它不肯耽留；它所到之处必海风习习，

它继续前行，朝着正北的方向。

①

约作于一八〇二年五月至

一八〇四年三月。十四行，

韵脚格式：*abbaabbacdcdcd*。

"那并不是一个精灵从天空飞下" ①

那并不是一个精灵从天空飞下，
徐徐降落，来执行自己的使命；
也并非有人为登天观览而离开凡尘。
那是长庚星，它的冠冕闪着光华，
它最早告诫我们太阳已经西下，
因为天光依然明亮；飘过去许多云，
有几朵云仍在它旁边 —— 现在，天空
全部都归它所有，都只属于它。
你这雄心勃勃的星！ 一种探求
在我心中涌动，当我认出你的光芒，
有一刻我惊异于自己看到的景象，
我凝望着，心中出现了一个念头：
我也有可能走出我生来所属的人群，
如你现在看起来一样；有一天，可能，
我会走在不属于我的地面；在高处，
我的灵魂强大，是那里的一个幻影，
在那里行走，无人能指摘她的脚步！

10

① 约作于一八〇二年五月至一八〇四年三月。韵脚格式：*abbaabbacddceefef*。

"'亲爱的谷地!'我说,'我若打量'" ①

"亲爱的谷地!"我说,"我若打量

关于我童年岁月的那许多记录,

对于我自己,对同伴们的回忆,

会令我消沉:想起已逝的过往,

将是可畏的,如果人生有可畏之想。"

但当我来到这谷地中,没有恐惧

使我难过;我环顾四周,没有泪滴,

也没有深思,没有可怕的幻象。

我遭遇到的是千百种琐细的念头;

那些树,我曾经以为它们很高,   10

原来很低矮;溪这样窄,田这样小,

古老的时间如杂耍者把球抛在四周;

我看,我注视,我微笑,我大笑,

悲哀的重量在惊异中化为乌有。

① 约作于一八〇二年五月至年末。十四行,韵脚格式:*abbaabbacddcdc*。诗中的谷地指华兹华斯度过学童时代的埃斯韦特谷(*Vale of Esthwaite*)。

"清溪，你许多天，许多星期使我安恬"①

清溪，你许多天，许多星期使我安恬，

许多月，让我再加上一年的漫长时日。

我来到你身边，你将我的心濯洗；

欢乐的清溪！你在鲜花盛开的支流间，

顺着或隐或显的河道而下，欣欣然。

如果我希望看到你的某种本质，

你，不只是你自身，我将不愿意

像希腊诗人们一样赋予你人的容颜，

流着泪水的河道。你不应是女仙人，

翅，足，羽，关节，秀发，你都没有；

你似乎包裹着那永恒的灵魂，

它的袍更纯粹，胜过血肉的衣裳；

它赋予你一个更加重要的优长：

有肉体生命之乐，而不知其烦忧。

① 约作于一八〇二年五月至年末。十四行，韵脚格式：*abbaabbacdceed*。

"再见，你这小小的角落！你是山中"[①]

再见，你这小小的角落！你是山中
一小块石质地面，在法尔菲尔德山[②]
最低的台阶，那山如圣殿挡住我们，
巍然矗立在整个谷地的一边。
甜蜜的花果之园！在世上一切地点，
人能找到的地点中，你无疑最宜人。
再见！我们把你交给上天的平静照看，
你和你所环绕的那农舍一栋。

我们的船正在水边安然停泊，
我们离开后，它将安然行驶。
我们门旁边的事物寥寥无多，
你们都一一得到我们的精心呵护；
我们没有土地，资产，遥远的财富，
我们拥有之物尽在这一个角落，
它们均为大地所造，沐浴在阳光里，
它们在我们视线内，我们只有这些。

阳光阵雨与你们同在，花蕾，花冠！
你们将在两个月里徒然寻找我们。

我们把你们留在这里，与孤寂为伴，

而赠你们这些最新礼物，怀着柔情。

你，你穿着深红的外衣，如同清晨，

灿烂的春白菊！沼泽金盏花，再见！

我们将你们采来，从湖水之滨，

然后并排栽种在我们的石井旁边。

我们去探望的人也会与你们相得，

她会爱这树荫，这印第安式的棚屋，

它是我们自己设计的无双之作。

一个温柔的姑娘！她的心谦抑，

她的欢乐是她从旷野里采集；

她将怀着欢欣，多思的喜悦，

来到你面前；她将把自己嫁给你，

她将爱我们在这里过的美好生活。

亲爱的角落！我们把你悉心照料，

给你带来精选的植物，盛开的花，

它们开在遥远的山中，花与草，

你把它们如同己出般尽数收下，

使所有的温情都被记录，被明察。

为我们的缘故，你虽是自然的瑰宝，

你自身虽已有如此美丽的风华，

但你把你并不在意的礼物纳入怀抱。

你这专一的地点，你也变化不定！

你有一颗任性的心，你以之对待

那些不是每天看见你面容的人。

你的爱广大无边，当你被人所爱；

当我们抛弃你，你说："让他们离开！"

你这随性的地方！不要放任

你的那些野草野花，直到我们归来；

你要以轻柔的脚步与年光同行。

帮助我们向她讲述过往的岁月，

最可喜、最好的是这甜美的春季。　　　　　　　50

欢乐不会久长，然后将消歇，

必得有什么留下来，告知我们其余。

在这里，生着报春花的悬崖石壁，

傍晚的时候像星空一般闪烁；

我们的麻雀筑巢在这灌木丛里，

我曾为它唱过一支不会泯灭的歌。[①]

乐园！我们爱你，为沉睡的良辰，

寂静的花园！为醒着的时间；

为柔和的半睡半醒，我们的精神

轻轻沉浸其中，沉入繁花的梦幻；　　　　　　60

我们爱你，为在果树下休息的白天！

[①]

指《麻雀的巢》。

153

就让夏季越过两个火热的月份，

等我们与将属于我们的她一道归还，

那时我们将再次回到你的怀抱之中。

"太阳已下山很久"①

太阳已下山很久，

星星三三两两出现；

小鸟依然啁啾，

在灌木丛，在林间。

有一只布谷，一两只画眉；

风沙沙地吹，

和着泠泠流水；

那布谷庄严的鸣啼，

充满了空旷的天宇。

谁愿意去伦敦"游行"，

在"假面舞会"当中，

于这样的六月之夜？

那美丽柔和的半月，

所有这些纯洁的清欢，

在一个这样的夜晚！

10

①

作于一八〇二年六月。第

一段韵脚格式为 *ababcccdd*，

第二段韵脚格式为 *eeffgg*。

"一个美好的黄昏，自由而安宁"①

一个美好的黄昏，自由而安宁；

这神圣的时刻如同一位修女，

在对神的崇拜中屏住了呼吸；

硕大的夕阳平静地一点点下沉，

天空的柔和也在大海上投映。

听！那伟大的存在完全醒来，

他以他亘古不息的律动节拍，

发出连绵不绝的雷鸣般的声音。

亲爱的小女孩！你走在我身边，

如果庄严的思绪仿佛没有触动你，

你本性中的神圣并不因此而减弱：

你在亚伯拉罕的怀抱里度过全年，

你崇拜之处是神殿最深的圣所，

神与你同在，当我们对此一无所知。

① 约作于一八〇二年八月。十四行，韵脚格式：*abbaaccadefdfe*。此诗作于法国加莱附近的海滩，诗中孩子是华兹华斯与法国女子安耐特·瓦隆（*Annette Vallon*）的女儿卡罗琳（*Caroline*）。

致杜桑·卢维杜尔①

杜桑，人间你最为不幸失意！
不论奶牛旁的乡村挤奶姑娘，
歌声传入你耳中，或你躺在牢房，
如今于某座深深的地牢里独自幽闭，
啊，可怜的酋长！你在何时何地，
会有忍耐之心？但不要死去；希望
在桎梏中你的眉头也舒展开朗。
虽然你自己已倒下，再不会站起，
活下去，感到宽慰吧！你留下种种
支持你的力量；空气，大地，苍天，
任何一阵平平常常吹动的风，
都不会忘记你；你有强大的战团，
你的盟友们是欢欣，是苦难，
是爱，还有无法征服的人的心灵。

10

① 作于一八〇二年八月。十四行，韵脚格式：abbaabbacdcddc。杜桑·卢维杜尔（Toussaint L'Ouverture），海地黑奴之子，领导海地起义反抗殖民者，一八〇二年六月被囚禁于巴黎，一八〇三年四月死于狱中。

致友人，作于加莱附近

去阿德尔的路上，一八〇二年八月七日①

琼斯！当年你我两个人一起步行，
从加莱走向南方，那时这条道路，
我脚下这条路，就如五月的良时，
人们为新生的自由而一次次欢庆，
天空中洋溢着一种不羁的欢乐之声；
简直可以说，那古老的大地，
像人心般跳动；歌声，花环，游戏，
旗帜，喜气洋洋的面孔，远远近近。
现在那些往事留下的唯一余响，
是我听到的两声孤独的问候，
"早上好，公民！"仿佛出自死者之口，
那空洞的话语！但我并不黯然神伤，
我就像一只鸟一样快乐无忧，
未来还有美好的岁月，美好的希望。

① 作于一八〇二年八月。十四行，韵脚格式：*abbaabbacddcdc*。友人指罗伯特·琼斯（Robert Jones, 1769—1835），华兹华斯在剑桥时期的大学同学；一七九〇年夏二人一起在法国徒步，一直走到阿尔卑斯山区。阿德尔（*Ardres*）：法国地名。

作于威斯敏斯特桥上

一八〇二年九月三日[①]

尘世再没有比这更美好的景象，
这情景是如此庄严，如此动人，
谁若过而不见，谁的灵魂必定鲁钝。
这座城市此刻披着清晨的辉煌，
如同披着一件华服；无声，无遮挡，
船，塔，圆顶，剧院，教堂，纷然杂陈，
呈露向一片片田野，呈露向天空，
一切都在无烟霾的空气中闪闪发光。
太阳从未将谷地，岩石，小山，
这样美丽地沉浸在它最早的光辉里；
我从未见过，感受过这样深的安恬，
泰晤士河流淌着，按它自在的心意。
亲爱的神！连那些房屋都仿佛酣眠，
整个那一颗强大的心脏都寂然止息！

[①]

作于一八〇二年七月至九月。十四行，韵脚格式：

abbaabbacdcdcd。

一八〇二年九月作于伦敦①

哎，朋友！我不知道应该望向哪里，
才能找到安慰，我心情沉重，
想到我们现在的生活只是衣装齐整，
给别人看；是工匠，厨子或马夫
炮制的粗鄙之物！我们只能像小溪，
在光天化日下闪动，否则即为不幸；
我们中最富有的人就是最高等的人。
如今，自然或书籍中的壮丽，
无法愉悦我们。掠夺，贪婪，花费，
这是偶像崇拜，我们崇拜这些。
朴素的生活和崇高思想已泯灭，
那古老的事业质朴无华的美好，
已消失；我们的平静，可敬的纯粹，
还有其律法家喻户晓的纯正宗教。

①
十四行，韵脚格式：
abbaabbacddece.

160

伦敦，一八〇二年①

弥尔顿！你真应当活在此时，
英格兰需要你，它是一个沼泽，
积着死水：圣坛，剑，笔墨，
炉边，厅堂与亭阁的高贵财富，
已经把它们古老的英国遗产丧失，
那就是内心的幸福。我们是自私者。
啊，托举我们，重回我们的生活，
给我们礼节，美德，自由，伟力。
你的灵魂如同一颗星卓然不群，
你的言语，其声响如同大海。　　　　　　　　　　10
你纯净如荡荡天空，庄严，自在，
就这样行走在人生寻常的路上，
怀着乐观的圣洁；而你的心，
即使最低微的责任也甘愿承当。

①

作于一八〇二年九月。

十四行，韵脚格式：

abbaabbacddece。

161

"修女不因修道院的小屋而怅怅"①

修女不因修道院的小屋而怅怅，
隐士们也不为自己的斗室烦恼；
学者们安于他们肃穆的城堡，
少女和织工坐在各自的纺车旁，
安详快乐；蜜蜂为花朵而高高飞翔，
一直飞到弗内斯山地的巅峰那样高，②
而会久久在毛地黄的花中嗡嗡鸣叫。
实际上，我们把自己关入的这牢房，
并不是牢房；于是在种种心境中，
当被局限在十四行诗的狭小地面，
对于我而言，不啻为一种消遣。
如果有一些灵魂（必有这样的灵魂），
感到了过多的自由所带来的沉重，
像我在此寻得片刻安慰，我就已如愿。

① 约作于一八〇二年末。
十四行，韵脚格式：
abbaabbacddccd。

② 弗内斯山地（*Furness Fells*）：
在英国湖区西南部。

162

过约克郡汉密尔顿山之后作①

我们尚未到目的地，夜幕已降临，

我们迟了至少一小时暗夜的时间；

那壮观的景象我们一无所见，

那成千上万人津津乐道的情景。

但西方的天空很好补偿了我们，

希腊神庙，清真寺塔，亭观，

有一处是座大教堂，高塔巍然，

历历在目，是可以敲响大钟

或平面钟的地方。我们远眺

许多煌煌堆叠的云，那样的景色，

足以补偿一切的失望！因此，

眼睛喜悦它们；但同时我们感到，

我们应忘记它们：它们属于天宇，

在我们尘世的记忆里渐渐泯灭。

10

① 约作于一八〇二年十月。十四行，韵脚格式：*abbaabbacdeced*。这些山实际名为汉布尔顿（*Hambleton*），而非汉密尔顿（*Hamilton*）。

"这些话是以一种沉郁的心情说出"①

它们属于天宇，

在我们尘世的记忆里渐渐泯灭。

这些话是以一种沉郁的心情说出，

甚至当我仍注目于那景象的庄严；

它是对照和责备，对粗鄙之乐而言，

以及人生每日追求的物质欢愉。

但如今我不能在这念头上久留不去，

它是虚飘的，大体已弃我不返；

我也将不会赞美云，无论多么灿烂，

而贬低人的天赋，宜于人的哺育。

树林，空中的巍巍圣殿，穿顶，

固然裹着美丽而纯粹的色彩，

但在人心里找不到地方可以安身，

不朽的心灵所渴望之物应恒久存在；

它们紧依着它，它不会离开它们，

反之亦然，它们的同盟坚固不坏。

①

约作于一八○二年十月至

一八○四年三月。十四行，

韵脚格式：*abbaabbacdcdcd*。

164

小白屈菜①

有一种花，平凡的小白屈菜，
它畏惧寒冷和雨，像许多花一般；
然而，只要太阳再一次出来，
它也再次出现，太阳一样灿烂。

当密集的冰雹一阵阵落到地上，
或者大风吹着碧绿的田野和树木，
我常看见它裹住自己，以免受伤，
紧紧地遮蔽自己，仿佛休息。

但最近，风雨的一天，我经过它，
我认出了它，虽然它改变了样貌；
现在它站在那里，任大风吹刮，
雨恣意击打着它，还有狂飙。

我停下来，心里喃喃的声音说：
"它不爱急雨，也不追求严寒：
这不是它的勇气，也非它的选择，
而是它不得不如此，当它已衰残。

10

它可能没有阳光或露珠青睐，

在自己的衰朽中，它无能为力；

它肢体僵硬，干枯，变了色彩。"

20　我在忧郁中微笑，当它灰白老去。

挥霍者的宠儿 —— 然后，更坏的真相，

吝啬者的奴仆 —— 看，我们的命运！

人啊！但愿从你青春的美好与闪光，

老年只取走青春本不需要的种种！

十四行诗（作于某城堡）①

堕落的道格拉斯！　他不配做主人！
只因心中的轻蔑，热衷于破坏毁伤
（因为他的名声指责他有这种病状），
才会让他怡然自得地传下命令，
把一群高贵的生物伐倒与尘埃齐平，
那一群可敬的大树，像兄弟一样，
致使这古老的圆顶，这些高塔苍苍，
变得赤贫，义愤！ —— 许多颗心
伤悼那些古树的命运；直到今天，
过客仍常会痛心地止步，注目于
那些伤害，而自然仿佛浑然不觉，
因为那些幽僻处，山坳，角落，水曲，
纯净的群山，温柔的特威德河，②
寂静的青青牧场，仍然一如从前。

10

十四行诗，一八〇三年九月二十五日①

哪位好精灵，飞到格拉斯米尔谷地！

说我们来了，今天的天光下就归还，

把这些好消息传布给田野，高山，

但尤其要让一间农舍听到这消息！

让一种神秘的喜悦笼罩着那里，

让那只小猫以十足的劲头嬉玩，

让"流浪者"呜呜叫，仿佛它又看见

正向它靠近的不会落空的好事。②

让喜悦出现在那婴儿的脸上——

是的，我们的玛丽唯一的陪伴者，

他把玛丽六个星期的孤独缓解，

以他变化多方的可爱模样，

当我们漫游在树林，在旷野——

让他更欢畅地微笑，向着母亲的脸庞！

① 约作于一八〇三年九月。十四行，韵脚格式：*abbaabbacddcdc*。华兹华斯、多萝西、柯尔律治一八〇三年在苏格兰旅行，诗中的"玛丽"是华兹华斯的妻子，婴儿指一八〇三年六月十三日出生的约翰。

② "流浪者"（*Ranger*）：可能是一只狗的名字。

未访的亚罗①

①

约作于一八〇三年十月至
一八〇四年三月。韵脚格式：
每段第二、四行押韵，第六、
八行押韵，余下部分或押韵
或不押韵。诗中的"同伴"
指多萝西。

②

斯特灵城堡（Stirling Castle）：
曾是苏格兰国王的王宫。
福斯河（Forth）、克莱德河
（Clyde）、泰河（Tay）：均为
苏格兰主要河流。

③

克劳温福德（Clovenford）：
离下文的丝嘉小镇（Selkirk
Town）七英里。

④

迦拉河：Galla Water；理德豪
斯河：Leader Haughs。

我们曾经从斯特灵城堡，

看见福斯河蜿蜒如迷宫；

曾走在克莱德河、泰河岸边，

我们曾经与特威德河同行。②

当我们来到克劳温福德，③

我那一位可爱的同伴说，

无论如何我们要绕道一下，

去看看亚罗河两岸的山坡。

"让亚罗的人们从丝嘉小镇，

—— 他们到镇上或买或卖 ——

让他们回到亚罗，它属于他们，

每个少女都回到自己的故宅。

让白鹭在亚罗的岸边啄食，

大野兔俯伏，小兔挖掘洞穴；

但我们要沿特威德河走下去，

而不会绕道去探访亚罗。

还有迦拉河，理德豪斯河，④

它们就在我们的正前方；

有德莱伯格，那里的红雀，^①
与淙淙的特威德河一起歌唱。
还有宜人的蒂维奥特谷地，^②
犁耙使得那里祥和欢乐。
为什么抛掷我们宝贵的一天，
而一定要去寻找亚罗？

难道亚罗不也只是一条河流，
在暗黑色的群山下流淌？
别处有千百条这样的河流，
同样配得上你赞叹的目光。"
这些奇怪的话仿佛侮蔑轻视，
我爱的人叹息着，郁郁不乐；
她看着我的脸，谁能想到，
我居然会这样说起亚罗！

我说："亚罗的两岸满目青翠，
可爱的亚罗河潺潺流淌。
从岩石垂下美丽的苹果树，
但我们将留着它继续生长。
我们将在苏格兰全境漫游，
穿过山中小径，开阔的谷地，
但不会去近在咫尺的亚罗，
不会走入亚罗的河谷。

①

德莱伯格（Dryburgh, Dryborough）：亚罗河汇入特威德河之处。

②

蒂维奥特谷地：Tiviot Dale。

就让公牛和家养的母牛同享
伯恩米尔草地的甘美芳芬，
让天鹅在平静的圣玛丽湖上，^①
轻轻漂浮，它和它的倒影。
我们将看不到它们，我们不去，
今天不去，也包括明天，
只要我们心中清楚就足矣：
世上有个叫亚罗的地点。

就让亚罗河依然未见，陌生！
必得这样，否则我们会懊悔。   50
我们有一个属于自己的幻影，
啊，何必一定要将它打碎？
许久以前的那些宝贵的梦，
我们将珍藏，可爱的同行者！
我们若在那里，它纵然美好，
那也会是另一个亚罗。

^①
伯恩米尔草地: Burn-mill
Meadow；圣玛丽湖（St.
Mary's Lake）：亚罗的一个
山中小湖。

如果焦虑随冰冷的岁月而来，
漫游看起来不过是痴愚，
如果我们不愿从家中离开，
然而同时又不免于忧郁，   60
如果生活无味，心境消沉，

有个念头会抚慰我们的伤感：

尘世仍有一处未揭示的风景，

在那旖旎的亚罗河两岸。"

"她是一个愉快的幻影"[①]

她是一个愉快的幻影，

当她第一次映入我眼中；

一个可爱的魅影，来到此间，

把一个短暂的时刻装点。

她的眼如薄暮的星一般美丽，

她暗色的发也仿佛属于薄暮，

然而她周遭其余的一切，

都来自五月和欣欣曙色；

一个舞动之姿，欢乐的形象，

令人难忘，吃惊，出乎意想。

10

我更近地看到她的身影，

一个精灵，而也是女人！

她在家中的举动轻盈自如，

她的脚步是少女自由的脚步。

美好的过往，美好的未来，

仿佛在她的面容中同在。

她并非过于聪明，过于善良，

她能体会到人性的日常滋养；

片刻的悲哀，单纯的狡黠，

赞与嗔，爱，吻，微笑，泪花。

现在我以沉静的眼睛，
看到了她身心中的那脉动；
一个时时刻刻的多思者，
一个生与死之间的行客；
坚定的理性，温和的意志，
忍耐，远见，强韧，能力；
一个天造地设的完美女性，
以警示，以安慰，以命令；
但仍是精灵，熠熠生光，
隐隐有轻盈的天使的模样。

174

责任颂①

神之声音的严肃女儿！责任！

如果这样的称呼令你喜悦。

你是一道光，将道路指引，

是克制和责备迷途者的鞭策；

你是胜利，你是律法，

当虚妄的恐怖令人惧怕；

你将人从空幻的诱惑下解救，

从纷争，从绝望；多么光荣的职守。

世上有的人并不去询问，

你的目光是否落在他们身上，

疑虑不存于他们的爱与真中，

青春的直感是他们的倚傍。

愉快的心灵！没有缺失过错，

他们为你工作而并无知觉。

愿他们一生都拥有幸福，

如果他们动摇，愿你教他们屹然挺立！

我们的日子将平静明亮，

我们的性情将多么欢欣，

10

当爱是一种不会错误的光，

当快乐是它自身的保证。

那些人是幸福的，直到今天，

他们仍大体抱持这一信念，

他们依这一信念而度日，

但也寻得了另一种力量，在必需之时。

我热爱自由，未被考验过，

我并非无端追随每一阵风，

我是我自己的引路者，

一种多么盲目的信任。

我决意不让任何事物，

挤压我此时此刻的欢愉；

我将我不喜欢的任务推开，

但若你允许，现在我甘心遵从你的安排。

我恳请你来将我控制，

不是通过扰乱我的灵魂，

或在我身上制造深重的悔意，

而是以那种沉思的宁静。

这无限的自由令我厌倦，

我感到随心所欲已成为负担。

我的志向不能再更改名称，

我渴望一种永远也不会变化的安宁。

但我的行动仍然将一直

与我自己内心的声音契合，

对此，我感到毫无疑虑，

我的服从出于我自己的选择。

我并不想在骄矜之学校，

寻求"道貌岸然的训导"。①

我所看重的拒斥与克制，

是为了催生一种更智慧的第二意志。

严肃的立法者！但你有着

神的那种仁慈的恩典，　　　　　　　　　　　　50

我们曾经见过的一切，

其美好都不及你的笑颜。

花坛里的花朵在你面前欢笑，

你的足迹上有馨香萦绕。

你护持了不曾犯错的星辰，

亘古的重重天宇因为你而鲜明，强韧。

可畏的力量！我将你呼召，

致力于卑微的事：从这一刻，

我把自己交给你来引导，

啊，让我结束我的脆弱！　　　　　　　　　60

我，这一个低微的被造物，

①

引自弥尔顿的《离婚的意
旨 与 原 则》(*The Doctrine
and Discipline of Divorce*)。

请给予我自我牺牲的意志，

给予我理性带来的信心，

在真理之光下，让我毕生做你的仆人！

颂（不朽颂）①

让我们歌唱更高贵一些的事物。②

从前的时候，草地，溪流，树林，

大地，每一种寻常的景象，

　　　　对于我都曾经

　　　　仿佛披着天国之光，

属于梦境的那种光辉与鲜明。

然而，现在与从前迥然有异，

　　　　不论我转向哪边，

　　　　　黑夜还是白天，

我现在已看不见我从前看见的事物。

　　　　彩虹来来去去，

　　　　玫瑰可爱美丽，

　　　　当夜空荡荡无边，

月亮欣然环顾周围；

　　　　星光之夜的水面，

　　　　　清新静美；

阳光是灿烂的新生；

但是我深知，不论我去哪里，

　有一种光辉已从大地上消泯无形。

10

现在，当群鸟这样欢乐歌唱，

　　　当小羔羊跳跳颠颠，

　　　　　如同追随着鼓点，

只有我心中浮现出一种悲思；

及时说出它，使那念头平息，

　　　　　我又变得坚强。

瀑布的号角声从深谷里传来，

我的悲伤将不再辜负这时光；

我听见回声在群山中回荡，

风从沉睡般的田野吹到我的所在；

　　　　　大地一片欢腾，

　　　　　　陆地与海波，

　　　都尽情欢乐，

　　　　每种动物都怀着五月的心，

　　　如同过着节庆；

　　　你，欢乐之子，

你快乐的牧童，在我身边高呼吧，让我听见你高呼！

你们这些幸福的生灵，我听见

　　　你们呼唤彼此；我看到，

天空与你们一同庆祝，欢笑；

　　　我的心也加入你们的庆典，

　　　　我的头上戴着花冠，

我感到，完全感到你们欢乐之饱酣。

那将是不祥的日子！若我黯然神伤，

当大地装点着自己，

沐着这五月的美好晨曦，

当四面八方，

许多孩童，

在辽远的千百个山谷中，

采撷着鲜花；当阳光暄和，

婴儿在母亲的怀抱里雀跃。

我听见，听见，欣然听见！   50

—— 但在许多树中有一棵树，

有一片我曾经注视过的土地，

仿佛都在说起某种已逝之物；

我脚边的紫罗兰花，

也重复着同样的话：

去了哪里，那幻境般的光明？

如今都去了哪里，那辉煌与梦？

我们的出生不过是沉睡，是忘却：

随我们而升起的灵魂，生命的星，

曾在别处沉落，   60

它经过了迢迢路程；

我们没有完全忘记，

也并非全然赤身露体，

我们来时拖曳着光辉的云霞，

来自上帝，我们的家。

幼年时，天国就在我们周围！

然后牢狱的阴影开始森然显现，

       向成长的少年合拢，

但他仍看到光，看到那光源，

        他看见它，在欢乐中；

青年离东方越来越远，日复一日，

     不得不行走，但他仍是自然的祭司，

       那灿烂的灵光，

        陪伴在他的路上；

最后，成年人发觉它已经消失，

消失在普普通通白日的光里。

大地的怀抱装满她自己的欢愉；

她有属于她的那种天然渴望，

她几乎怀着母亲一般的心想，

       她的目的并非鄙贱；

     这平凡的乳母竭尽所能，

要让她的养子，被她拘禁的成年人，

       将他曾知晓的光辉忘记，

还有他来自的那座壮丽宫殿。

看！孩子在他新生的欢乐中，

一个四岁的宠儿，那样小的模样！

看他躺卧，他摆弄的东西在他身旁，

他忍耐着来自母亲的频频亲吻，

他父亲的目光也照在他身上。

看，某种小计划或图纸，在他脚侧，　　　　90

他的人生之梦中的某个碎片，

是他用自己新学会的技能制作；

　　　一个婚礼或节日，

　　　一次哀悼或葬礼；

　　　　现在这占据了他的心窝，

　　　他为此舒展歌喉；

　　　　然后他开口，

模仿买卖，爱，或纷争的语言；

　　　但过不了多久，

　　　他就会把这向旁边一抛，　　　　100

　　　　怀着新的喜悦与骄傲，

那小演员研究着另一个角色；

他时不时在自己的幻想舞台中，

摆满所有人物，直到瘫痪的老人，

生活所带来的各种各样的侍从；

　　　仿佛他的全部之事，

　　　就在于无穷无尽的模拟。

你，从你的外貌我们能够判断

　　　你灵魂的广远；

183

你这最好的哲学家，你仍未失去

给你的遗产，你是盲人中的眼睛，

你，无所闻，无声，将永恒的海阅读，

一直拜访你的是永恒的心灵 ——

       伟大的预言者！有福的先知！

       那些真理在你身上栖息，

而我们毕生都在将其苦苦追寻；

你，你的不朽笼罩在你身上，

仿佛白日，仿佛主人笼罩着奴隶，

那种无法忽略的存在，一直在场；

         对你而言，坟墓

不过是一张孤单的床榻，无所感，

       看不见白天或温暖的光线，

我们躺在那里等待，那思索的地方。

你幼小的孩子，然而你力量无限，

你有不羁的欢乐，身在人生之巅，

你何必这样辛辛苦苦地撩拨，

让岁月给你戴上那不可避免的轭，

这样盲目地与你的幸福作对？

很快你的灵魂将负起她尘世的重量，

习俗将沉甸甸地压在你身上，

霜一般沉重，几乎像生活一样深邃！

       多么欢乐！在我们的灰烬里，

还有某物存活，

天性依然有所记忆，

而过去如此难以捕捉！

想起过往的岁月，这于我而言，

滋养了恒久不息的祝福；诚然，

并不是为了那最值得祝福之物，

那快乐与自由，单纯的信念，

它们属于孩童，不论跳跃还是休息，　　　　140

他的胸中总怀有新生的希冀；——

　　　　　　我不是为了这些，

　　　　高唱感恩和赞美的歌；

　　　而是为了那些固执的质疑，

　　　质疑感官和外在的事物，

　　　从我们身上落下，消失之物；

　　　一个生灵的茫然不满，

当他在没有真实感的世界里徘徊，

崇高的直觉，在它面前我们向死的一面，

颤抖着，如罪人被撞见一样意外；　　　　150

　　　为了那些最初的爱意，

　　　那些朦胧的回忆，

　　　不论怎样，

它们仍是照亮我们一切白天的光，

仍是主要的光，使我们能看清，

　　　支撑我们，将我们呵护，

使我们喧嚣的岁月在永恒的寂静中，

仿佛是瞬间：那些醒来的真理，

永不会泯灭；

160　不论意气消沉，疯狂的举措，

成年人，少年人，

与欢乐为敌的一切，林林总总，

都不能将那些真理摧毁净尽！

于是，在天气平静的时节，

虽然已在内陆很远的地方，

我们的灵魂望见那不朽的海洋，

是它把我们带到这世间，

我们能转眼就来到海边，

看见孩子们在海滩上游戏，

170　听见浩荡的海水涌动不息。

那么，唱吧，群鸟，唱欢乐的歌！

让那些小羔羊跳跳颠颠，

如同追随着鼓点！

我们将在心中加入你们的行列，

你们吹笛，你们游戏，

在你们今日的心里，

感到了五月的欢喜！

虽然从前曾那样耀眼的光芒，

现在永远在我眼前消失，又何妨？

虽然那时刻已一去不返，　　　　　180

那草中的光辉，那花中的灿烂；

　　　我们将不悲伤，

　　　而是在余留之物中寻求力量，

　　　在那根本的同情里，

　　　它既然存在过就永不会消失，

　　　在那些能安慰我们的心念，

　　　它们源于人的苦难，

　　　在透过死亡而望的信念中，

在带来平静心灵的一年年时光。

啊，你们清泉，草地，小山，树林，　　190

不要以为我们的爱有任何裂痕！

我心的最深处仍感到你们的力量；

我只不过是将一种欢乐出让，

以服从于你们更加惯常的控制。

我爱一条条溪流奔跃在河道，

更甚于我像它们一样轻盈跳跃时；

一个新生的一天纯洁而明丽，

　　　依然美好；

那一朵朵云簇拥着夕阳，

诚然显出肃穆之色，因为我的眼睛，　　200

一直注视着人那有限的生命；

又一段征途已毕，赢得了别的奖赏。

正因为人的心，我们依赖它生活，

正因为它的温情，欢乐，恐惧，

对我而言，一朵盛开的最微小花朵，

带来的深思常是泪水所不能触及。

"谁能想到，当这块岩石"[①]

谁能想到，当这块岩石
戴上了一圈儿活泼的雪花莲，
明亮的小花环，会这样美丽，
在果园的地面上这样耀眼！
谁对这小小的岩石如此笃爱，
在它的头上把冠冕佩戴？

是一个孩子一时高兴？
还是某个相思成疾的女郎 ——
在做"牧羊女王"的那些天中，
这样的花环也戴在她额上？
是成熟的男子，明智的主妇，
还是一个老者与衰年游戏？

我问道 —— 仿佛有低低的声音说：
它不妨属于每个人，所有人；
是天堂的精灵促成这佳作，
那是一个强大的精灵，
它赋予所有人同一种倾向，
在生活智慧而单纯的地方。

① 约作于一八〇四年末至一八〇七年四月初。每段韵脚格式：ababcc。

10

"我孤独地漫游，如一朵云"①

我孤独地漫游，如一朵云，
在谷地和群山上高高飘移，
这时我蓦然看见一大丛，
一大片水仙花翩翩起舞，
沿着湖边，于树林下面，
在微风中万朵花舞姿翩翩。

它们旁边的水波也舞动，
但它们比潋滟的水波更欣喜；
一个诗人怎能不感到高兴，
当他身边有这样欢笑的伴侣。
我凝视，凝视，但不曾想到，
这情景带给我多少珍宝。

因为常常当我躺在床榻上，
心境空茫，或者沉郁，
它们在我的灵魂之眼前闪光，
那眼睛是独处的至高幸福。
然后，我的心充满了欢乐，
与那些水仙一起舞姿婆娑。

（一八〇七年初版，收入《两卷本诗集》②）

10

我孤独地漫游，如一朵云，

在谷地和群山上高高飘荡，

这时我蓦然看见一大丛，

一大片水仙花闪着金光，

沿着湖边，于树林下面，

在微风中摇曳，舞姿翩翩。

那么多花朵连绵不止，

如同银河里闪耀的群星，

密密匝匝，望不到边际，

铺展在一个水湾之滨。

我一眼就看到了一万朵，

活泼地摆着头，舞姿婆娑。

它们旁边的水波也舞动，

但它们比潋滟的水波更欣喜；

一个诗人怎能不感到高兴，

当他身边有这样欢乐的伴侣。

我凝视，凝视，但不曾想到，

这情景带给我多少珍宝。

因为常常当我躺在床榻上，

20 心境空茫，或者沉郁，

它们在我的灵魂之眼前闪光，

那眼睛是独处的至高幸福。

然后，我的心充满了欢乐，

与那些水仙一起舞姿婆娑。

（一八一五年修改版，收入《诗集》①）

①

华兹华斯一八一五年出版
的《诗集》（*Poems*），将
一八〇七年《两卷本诗集》
中的诗做了修改和重新排
序。此时华兹华斯已非创
作高峰期，其排序亦显得
较主观，这一版本没有被
康奈尔版华兹华斯全集作
为主要底本。

十四行诗：告诫[①]

(尤其为那些读者而作，他们偶然爱上了湖区
某个美丽的角落)

是的，你眼中充满神圣的欣喜。
隐蔽的角落里那一间可爱农舍，
深深触动了你；它有自己亲爱的小河，
小牧场，那片天空几乎都属于它自己！
但是不要贪求那房屋，不要叹息，
像很多人一样，一边望着一边焦灼，
叹息着，希望从大自然的书册，
撕下这幸福的一页，那亵渎之举。
想想那家园如果属于你，它会怎样，
甚至属于你，虽然你欲求很少。屋顶，   10
门窗，连花朵对穷人而言都至为神圣，
正如缠绕在门廊上的玫瑰对于那门廊。
是的，现在让你感到沉醉的一切，
一旦被触碰，就会泯灭，彻底泯灭。

[①]

约作于一八〇四年三月至
一八〇七年四月。韵脚格
式：*abbaabbacddcee*。

193

致我幼小的女儿，经人提醒，我得知她那天满月①

——那么你活下来了？

脆弱人类的一个温和的后裔，

柔顺的婴儿！在一切无助之物中

最无助，你活过了明月的一个轮回，

天空的那第二辉煌者？你活了下来，

你已经度过了那巨大的亏蚀，

广大的尘世都已经感受到的，

万国都感到的变化。在神的眼中，

——人类就是出自他那里——

千年的时间也不过如同昨日；

而一天的逼仄，对于他而言，

其广阔并不亚于千年的时间。

但何为时间？何为外在的荣光？

二者都不是你的尺度，你的权利

贯穿"上天的永恒之年"。我问候你，②

"刚满月的柔弱婴儿！以这称呼，

我想，你被赋予的短暂呼吸时间，

并非虚度。——若你生在印第安部落，

卧在苔藓和叶子随意铺成的榻上，

茂密的树枝是你头上简陋的遮盖，

① 约作于一八〇四年九月。素体。女儿指多拉（Dora）。

② "上天的永恒之年"（heaven's eternal year），出自德莱顿（John Dryden）的诗《追念虔诚的年轻才女安·吉丽格茹夫人》（To the Pious Memory of the Accomplished Young Lady Mrs.Anne Killigrew）。

194

或者，你暴露在无情风雨中，

在空旷的平原；—— 夜的寒冷，

或者夜的黑暗，或者欢乐而美丽的

夜的面容，被时圆时缺的月亮点缀；

那么，这些会以其不容置疑的提醒，

标记你的年龄，准确地标记

你婴儿的历史，在那些可能与你

一起流浪的人们心中。—— 而母爱，

其他人的胸中不亚于母爱的爱，

在我们穿衣取暖，筑屋而居的人中，   30

会为你去做上天常常粗糙的手

为你那些不幸的同龄孩子们

所做的事；他们身在旷野，

在那里，幻想很少有自由空间，

去使爱意更优雅，提高它们，

升华它们；母亲的同情本身，

虽然强烈，大体是一种缺少快乐的

纯粹本能的纽带，缠绕在心上。

你和我们的命运都要好得多！

即便现在，为使你的无助更庄严，   40

为了在心灵的眼前，你柔弱的美

更加生动，已经有一些对照物浮现，

相似的事物，或者相异之物，

它们在一个父亲的心思范围内，

把你和你天上的伙伴与姊妹相连。
首先，你无辜地前行，穿过一个
被痛苦笼罩，被焦虑困扰的世界，
多么像那月亮在云层中穿行，
而她纯洁的银光却一直无瑕，
常常照亮了云层不由自主的阴郁。
你们两个都美丽，都不被玷污。
但你多么悠然地在你的弦月里，
装满了光辉！── 留下她急急而行，
彷徨不定，在变迁中焦躁着，
总难于忍耐自己时下的形态。
一次上山，一次下山，一个旅途，
孩子，对你已足够；现在看起来，
仿佛你预知了这是你的任务；
你这样怡然自得地前行，你的睡眠
这样平静，无忧无虑。哎！很快，
这看上去令人感恩不尽的念头，
改变了面容，仿佛一个物体表面
蒙上了呼出的雾气；你的路途显得
是一种悲伤的辛劳，而赋予她的
则是希望，和无穷无尽的新生。
── 你的微笑遏止了此念；因为你脸上
已经开始微笑，仿佛旭日之光，
照射，流转；你脸上现出的微笑，

50

60

196

是安详的信任，信任上天支撑着

你生命的脆弱运行，安慰着

你的孤独；或者那些微笑可称为

爱的触角？它们伸出来，仿佛探索

这陌生的世界，为你准备道路，

以穿过一条曲折幽暗的狭窄通道。

诚然如此。它们也是标记，符号，

当那既定的时节到来的时候，

欢乐将以它们为自己最圣洁的语言，

理性的神圣力量将骄傲地接纳它们。

致达顿河①

你山中的溪流！牧人和他的小屋，
是深沉的寂静中特殊的居民。
最挑剔的隐士也会愿意容忍
一两块明媚的青草地，或者一处
小小的耕田，看起来仿佛一处
静止的阳光：你只见过这些风景，
达顿河！这些土地上的小径
断断续续；但你不满足于此。
某种可畏的精魂促使你远别，
促使你完全抛弃人迹所至的地方，
虽然你此前也只有寥寥几个同伴；
促使你切开一条河道，于这荒野，
与你相伴的只有你自己的声响，
除了有时云和飞鸟追随着你的路线。

①

约作于一八〇四年九月
至十月。十四行，韵脚格
式：*abbaabbacdecde*。达顿河
（*Duddon*）：英国湖区一河流。

小猫与落叶①

我的孩子，快朝那边看！

那给婴儿准备的精彩表演！

看那只小猫在墙头嬉戏，

玩耍着落下来的叶子。

一片，两片，三片枯叶，

从高大的接骨木上飘落，

在含着霜的沉静空气中，

在这明亮美好的清晨，

它们一圈又一圈打旋，

轻缓落下：从它们的动作看，　　10

人们简直不由得相信，

每一片小叶子都是在护送

一个空气精灵或者仙子，

降落到这更低微的尘世，

它们都隐身，沉默无言，

打着飘飘摇摇的降落伞。②

—— 但那小猫是怎样地跳动，

俯伏，伸展，用爪子扑，冲，

先向这片，再向另一片落叶，

一样轻盈，一样金黄的颜色；　　20

①

作于一八〇四年十月至

一八〇五年初。韵脚格

式：双行体，偶有三行同

韵（triplet）。诗中婴儿劳拉

（Laura）指华兹华斯的女儿

多拉。

②

指当时乘热气球者用的降

落伞。

有时许多片，有时只一片，

有时则静止，一片也不见。

猫仰视的眼中仿佛有火一样，

那是一种多么强烈的渴望！

它像老虎般倏然跃起，

在半空中迎向它的猎物，

然后同样快地放掉它，

接着，又将它扑在爪下。

有时它玩着三四片落叶，

仿佛印度的杂耍表演者，

动作像他一样轻捷灵敏，

而心中之喜要远超他十分。

如果在这小猫玩耍的时间，

有一千个旁观者驻足观看，

鼓掌，叫嚷，凝神注视，

这只小母猫哪里会在意

这一大群人的赞赏高叫，

它太高兴，顾不上骄傲，

它如此富有，财宝良多，

那就是它自己满溢的欢乐。

这是给婴儿的精彩礼物，

我觉得对我也并非不相宜。

在这里，不为了孩子或我，

我能看到别的伙伴在嬉乐。

世界上存在数不清的生灵，

它们凭着脚和翅膀而动，

在阳光下或树下的阴凉，

在树干上或者草叶之上。

它们忙碌于无限的欢愉，

虫鸣，鸟唱，嗡嗡低语，

这果园里的空间虽然狭窄，

这谷地，都成了快乐的所在。

其中的成千上万被一扫而去，

再也不会于白日里呼吸。

还有的在沉睡，有的一群群，

向那些遥远的国度旅行；

有的悄然去往森林和旷野，

远离了人类居住的世界。

在另外一些品类当中，

与我们关系更紧密的生灵，

它们分明与我们生活在一起，

而它们都把自己的欢乐搁置。

—— 令人晕眩的精灵，那蓝帽鸟，

它在哪里？它有鲜艳的羽毛，

它的幸福别的鸟无法相比，

它在那一株苹果树上啄食。

50

60

它破坏，捣乱，毫无忌惮，

它把一些花朵内外翻转，

它倒挂着，头向着尘埃，

它拍动翅膀，它栖落下来，

它把自己绕成结，然后松开；

最柔软，最炫目的滑稽角色，

世界上最美丽的翻筋斗者。

它心中轻松，肢体轻盈，

但它现在是怎样的情形？

那些羔羊在山中游遨，

嬉戏，发出咩咩的欢叫，

当时是一年中最好的时节，

现在它们都变得持重沉默。

如果你朝谷地或山上望去，

你侧耳谛听，一切都岑寂，

只除了附近的一条小溪，

它汩汩涌出岩石地表，

它的声音听起来孤独寂寥。

山与平原枉自闪着辉光，

空气枉自这样安详；

清晨枉自展开天空的诱惑，

那天空是如此肃穆高洁，

但它无法引诱任何生灵，

使它毫不掩饰地表达欢欣。

难道是它们心存畏惧，

畏惧那荒芜的季节将至？

或者还有其他快乐存在，

甚至比嬉笑玩耍更加愉快？

大自然给林林总总的生命，

赋予了一颗沉默的心灵，

在那无法穿透的心房里，

不论栖居着怎样的乐趣，

不论我们感到和知道什么，

无法表现出的安静的一切， 100

而小猫是这样一道欢乐的光，

美丽的猫！　从玩耍的你身上，

传布出这样生动的美好，

将我的小劳拉的面庞笼罩。

是的，这情景触动、吸引你，

孩子，你在我怀里欢笑不止。

这几乎使我感到一种不平，

我感叹你的狂喜于我无分，

感叹我甚至不如你们两个，

你们俩是这样自得其乐！ 110

我也将有我无忧无虑的时日，

纵然我有理由阴沉忧郁；

我将这样走过人生的长道，

当时光带来了朽败衰老，

那时我也能偶然拥有

一些纯然快乐的时候。

—— 随便什么都能让我高兴，

一只小猫忙碌的欢欣，

或者一个婴儿的笑眼，

当她分享着小猫的狂欢。

我想像它那样，或者像她，

在欢愉中找到智慧之法；

让我的灵魂一直警醒，活泼，

让我有能力做到这些：

纵然从悲哀造就的事物中，

也能汲取欢乐之思的养分；

纵然有忧愁，纵然痛苦，

也能与人生的落叶一起嬉戏。

致雏菊^①

为约翰·华兹华斯而作的挽歌

美丽的花朵！你也许有一天，
会在你的诗人坟上出现，
我再次对你表示欢迎；
然而他，无论在大海陆地，
都是我的弟兄，他也爱你，
虽然他的爱更加默默无语，
他睡在了故国的海滨。

啊，那一天是多么充满希望！
当他来到那一条船上，
去指挥，去引导：
他如愿以偿；再过一段时间，
正当盛年的他就能回归故园，
将终生自由，将攀登这些山，
他已满足生计需要。

那一天是多么充满希望！
当那一条船稳固坚强，

①
约作于一八〇五年五月至七月。每段韵脚格式：aabcccb。当年二月，华兹华斯的弟弟约翰所乘商船在离英国海岸不远的地方失事，约翰是那条商船的船长，他后来被葬在失事地点附近的海岸上。

10

泊在怀特岛的海滨：

那时，五月将万物染绿，

远望那一条骄傲的船只，

就像船中的女王一般美丽，

他的希望和欢欣。

但后来，当他因事回到陆地

（他告诉我，我对此深知），

他会怀着欢喜的心情，

美丽的雏菊花！ 他会常常

偷闲将你们的所在探访，

他爱你们在树荫下闪着光，

数不胜数，如同群星。

但是，听我说吧！ 那条船离开，

在漫长的航行之后归来，

不久又启程；

他们又如期站在英国土地上。

然而当他们第三次启航，

悲伤就在不远的地方，

等待着他和船员们。

他的头上是涌动的海水，

六个星期里他在海底沉睡。

①

怀特岛（Wight）：不列颠岛

南岸外的岛屿。

206

纵有风浪的威逼，
他没有弃船，他为那船殒命
（职责内的一切他都已完成）；
他们在船边找到了他的尸身，
他们把他抬进坟墓。

徒劳的葬礼！ 但并非徒然，
纵无其他目的，只为这一点，
为了他 —— 他被抛入
一种不适于他的生活道路中，
不适于这样温和美好的灵魂 ——
为他能找到一个幽僻处安身，
终于靠近他所爱之物。

为了让那一方的树林与原野，
给他提供一个休息的角落，
这温顺而勇敢的人！
群鸟将为他而歌唱，海洋
将为他而低诉，满怀哀伤；
美丽的花！ 在他无知无觉的坟上，
你将睡去又苏醒。

"我只以为会找到痛苦与凄恻"①

我只以为会找到痛苦与凄恻，
我颤抖着向这里走过来；
但在这里有神无边的爱，
我找到了慰藉。
这宝贵的地点全属于我自己，
只除了这一株无名植物，
一株小植物，谦卑而芬芳；
显然不是没有上天的神恩，
我第一次在此见到它的身影，
它盛开在我脚旁。②

那牧童已经从这里离开，
那只秃鹰也已经高高飞远；
无人打扰我，我可以偿还
欠给所畏惧之物的债。
悲哀的回忆！但可以确定，
筑于痛苦上的平和才能长存。
而我们将拥有这样的平和，
虽然要经过许多晴好的时日，
我和亲人的泪水才会停止，

10

才不会苦雨般降落。   20

牧童吹出嘹亮的口哨，看！
被口哨的声音所惊动，
那只秃鹰从岩石上飞升，
沉着而缓慢。
这天空中的王者高高飞翔，
啊，若它能在那悲哀的晚上，
把翅膀借给你，亲爱的兄弟！
哪怕只借给你可怜的一瞬，
借给所有在海中挣扎的人们，
当安全近在咫尺。^①   30

在心的软弱中，我这样说道
（但是让那伤痛归于平静），
当我看见那只自在的秃鹰，
从岩石上飞高。
让我平静地祝福我此时所遇，
这无名的花朵中包含的力，
这动人的花正像我哀悼的人！
让我平静地受苦，信仰，
哀伤，知道我一定会哀伤，
但并非绝望，虽然痛心。   40

①
约翰的船只失事之处离海
岸很近。

209

我们在这里停步，环顾四周，

当我们各自沉入了自己，

因为终想到朋友即将分离，

无法再见到的朋友。

格拉斯米尔谷地不在视野，

我们和他的家，他心所爱悦，

他沉静之心的甜美家园。

但时间仿佛在他面前消融，

他感觉到会有一天来临，

50　　那幸福的一天。

我们在此分手，我站在这儿，^①

和他爱的人一道；我看见他，

一路顺着岩石的缓坡跳跃而下，

仿佛欢喜而热切。

看他前行是一种可爱的情景，

因为他为人勇敢纯真，

因为他过着自律的日子。

在我和她的眼中，上苍

在这样一个水手身上，

60　　加以圣洁的手护持。

我们的泪水也因此而落，

当发现这样的信念已成尘，

①

根据多萝西的日记，华兹华斯与多萝西送约翰是在一八〇〇年九月二十九日。

我们痛苦，若无更高的信任，

那痛苦会多么深切！

一切都消失，在一语之内，

杳不可闻，在呼吸间，一响内。

海，船，溺亡，失事 —— 噩耗来袭，

那温良勇敢的人消失不见，

他曾是我们活生生的约翰，

却只剩下一个名字。 70

啊，那才是真正的永诀！

都已过去了，我为此高兴，

因为那给世界上的一些人，

带来无以言表的折磨。

但他们和我也获得了益处，

最值得的，最好的益处；

这样的痛苦也会缓缓消减。

我感到这一点，哪怕在这里，

哪怕这株如此平安的植物，

也给我慰藉与平安。 80

他本来会爱你谦逊的风度，

温柔的花！我本来会对他讲：

"它长在属于它的一小块土上，

近于我们的分手之处；

它像露水一样贴着地表而生，

仿佛有无数紫色的眼睛，

缀满一块绿如青苔般的地面；

但我们会看到它，那欢乐的潮！

有一天，为了看它何等繁茂，

90　　我们将越过那高山。"

如果，如果我的任何诗句，

有力量让人们知道他的品格，

那么就让一块纪念的石碣，

立于这圣洁的殿宇；

为那几个走到了这里的人，

旅人或牧人，让那石上写明：

只要这些山岩不改巍峨之状，

啊，你不要过于痴妄地沉溺 ——

纵使你配得上一切好处 ——

100　　沉溺于哪怕纯洁的尘世希望！

212

"这本书收到的是悲哀的馈赠" ①

这本书收到的是悲哀的馈赠！
在它那些凄凉的纸页中，
这可怜的不幸的书！
我书写，写到结尾的时候，
我开始想到你，我的朋友，
你永远，永远也不能够
读到我写的这些字。

啊，这故事是关于你本人；
我痴愚，脆弱的心！
音调悲哀的诗句，
我写的词语似乎拥挤在纸页，
那凄凉的纸，那声音，那歌，
那低语，都为了你而做，
毫无疑问都属于你。

就这样我写，我写下的字，
你不会，别人现在也不会阅读，
他们的泪会簌簌而落。
就这样我努力寻求某种心安，

10

①

约作于一八〇五年五月至
七月。第一至五段韵脚格
式为 abcdddc，最后一段韵
脚格式为 abcddddc。此诗
亦纪念约翰·华兹华斯。

仿佛在你我两个人之间，
如果能够，造一条秘密的链，
以纪念逝去的岁月。

我从前常拿起这本书端详，
满心喜悦骄傲，像少年一样，
我端详写了字的白纸；
我曾怎样地一页一页翻阅，
一页一页，几十页几十页，
都已写满或者将写满诗歌，
为了让他欢喜。

我面前的这书是他亲手所做，
他制成这放在我膝头的书册，
怀着亲切的期望；
他想旅途中日夜带它在身边，
让它的私语只有他一人听见，
清新的私语，无论他疲惫的船，
驶向哪一方向。

但现在 —— 我怀着痛苦与凄恻，
凝视这张写满了字的纸页，
我凝视；但仁慈的上帝！
啊，不要让我在未来遭逢

214

更不幸的事，更沉重的心境，

对那些仍然留存下来的人，

请这样允许，让我甘心服从

你惩戒的鞭笞。

奥珉谷

又名窄谷①

在这寂静的所在，远离红尘，
沉睡着莪相，于这窄谷之中。②
在这寂静所在，有一道小河，
只有一道，缓缓低声流过。
莪相歌唱战斗，把战争歌唱，
风暴般的战争和惨烈死亡；
我猜想当一切都已经过去，
他理应被埋葬于那样的土地，
那里应有乱石嶙峋堆叠，
仿佛一个动荡的灵魂所切割；
那里应风景粗犷，声音狂暴，
一切的一切都互不协调；
那里应如在怨诉，灰暗偏僻，
最宜于恐惧，宜于忧郁。
而这里却是寂静的；不可能
还有比这更彻底的寂静。

那么莪相是否真的于此长眠？
抑或那只是一种虚幻的信念？
有什么关系？这孤寂的地方，

① 约作于一八〇五年五六月。双行体。奥珉谷（Glen-Almain），即Glen Almond，在苏格兰佩思郡（Perthshire）。

② 莪相（Ossian）：凯尔特神话传说中的古代英雄和诗人。

216

深深触动了一些人的遐想，　　　　　　　　

我不责备他们，这表明，

他们心目中这里完全地沉静。

修道院，甚至隐士的小屋，

都会打破这谷地的幽寂。

那不是安详，也不是平和，

而比所有这些都深沉得多。

隔绝的气息笼罩在这里，

是属于坟墓的那一种气息，

属于严肃而幸福的亡魂。

那么我想，其民族的最后一人，　　　　　

若说他长眠于这孤寂地点，

也不失为一种恰当的传言。

向西去①

一个日落后的美好黄昏，我的同伴和我走在凯特琳湖边，②我们的目的地是一间小屋，在旅途中，几星期前我们曾在那里受到热情接待。在那荒寂地方最孤独的所在之一，我们遇到了两个衣着雅致的女子，其中一个这样招呼我们："你们是向西去吗？"

"你们是向西去吗？"——"是。"

那一种命运将颇为奇异，

如果我们在陌生的土地上，

这样一起漫游，远离故乡，

而不知道自己落脚的地点。

但谁会止步或畏缩不前，

即使没有家，没有栖身之处，

当这样的天空引着他的脚步？

地面露水泠泠，黑暗湿冷，

我们身后望过去一片阴沉；

当此时，朝西走看起来

是天堂一般的命运安排。

我喜欢这问候，它的内涵，

不为地点所拘，也没有界限；

它似乎给予我精神上的权利，

① 约作于一八〇五年六月。双行体。华兹华斯与多萝西于一八〇三年在苏格兰旅行。

② "我的同伴"指多萝西。凯特琳湖（ *Loch Ketterine* ）。

218

去穿越那一片光明的土地。

那声音是柔和的，说话的女性，

正行走在自己故园的湖滨：

她的这一句问候之语，

在我听来如此彬彬有礼。

我感到它的力量；当我的双眼，

注视着那泛着光彩的长天，

那声音的回响将人的温情，

织入了我此时的心念中，

当我想到我的旅途迢迢不绝，

我将穿过面前展开的那一世界。

罗布·罗伊之墓①

罗布·罗伊的历史广为人知；他的墓在凯特琳湖源头附近，一个很小的羊栏般的墓地中。旅行于苏格兰高地的人，常能遇到那种如被遗忘般的荒冢。

罗宾汉诚然大名鼎鼎，
令英格兰的歌手们欣喜。
而苏格兰有毫不逊色的英雄，
一个绿林大盗，同样勇猛，
她有她勇敢的罗布·罗伊！
那么请清除他坟墓上的杂草，
让我们唱一首短短的歌谣，
以纪念那位勇敢的英豪。

上天给了罗布·罗伊无畏的心，
他的手臂很长，力大无穷，
战胜敌人是他最大的渴望，
　　或者保护他的友人。

罗布·罗伊勇敢而且智慧，
原谅我，如果我的措辞强烈，
一个配得上罗布·罗伊的诗人，
　　必不屑于一首怯懦的歌。

① 约作于一八〇五年九月至一八〇六年二月。第一段韵脚格式：abaabccc；其余各段韵脚格式：abcb。罗布·罗伊（Rob Roy）：Robert MacGregor（1671—1734），苏格兰高地英雄，其名字可简称为罗布（Rob）或罗宾（Robin），这两个名字在此诗中均出现。

10

那么让我们说他勇敢而智慧，

他内心智慧，正如行为果敢，

因为在万事万物的法则中，

　　他寻找他的道德信念。　　　　　　　　　20

慷慨的罗布说："何需书本？

将法条及其书架都付之一炬；

它们怂恿我们争斗，与同类，

　　更有甚者，与我们自己。

我们有一种激情，我们立法，

虚伪的法不能引导克制我们，

我们为了这法本身而争斗，

　　我们的灵魂充满仇恨。

就这样，我们困惑而盲目，

看不到那至简的清晰准则。

我发现它们铭刻在我心上，　　　　　　　30

　　我心告诉我怎样做。

看那水中、大地上的生物，

还有那些随风而行的生灵，

它们中纷争不会持久，它们

平静地生活，以平静的心。

为什么？ 因为古老完美的法则，
那简单安排，对它们已足够，
那就是有力者就应去获取，
　　能够持守的就应持守。

这训诫和教导很快被学会，
这启示谁的眼睛都能看到，
于是没有什么会刺激强者，
　　使之恣意地残暴。

心灵的种种扭曲都被克制，
那野心勃勃的愚人被驯服，
人人都调节自己的欲望，
　　依自己能力的尺度。

林林总总的生灵立起倒下，
各按照自己的体力或才能；
是由上帝指派谁应当统治，
　　而谁应当服从。"

罗宾说："从此正义就很清楚，
最长的生命也不过如一天；

为达致目标，维护我的权利，
　　我将走最短的路线。"

就这样他生活在这些巉岩中，
历经酷暑，冬天的白雪；
鹰是高高天空的主人，
　　罗布是大地上的王者。

事情就这样 —— 至少本应如此，
如果不是因为他命途多舛，
因为当时的政权过于强大，
　　他迟到了一个时代。

或者毋宁说早了一个时代？
因为这勇敢的人若活在今天，
他将会怎样欣欣向荣，
　　花蕾缀满每条枝干。

租金，买卖代理人，狩猎权，[①]
治安官，领主和他们的领地，
看起来都会显得无足轻重，
　　种种都不值一提。

罗布·罗伊将不会只在此耽留，

60

70

①

狩猎权（*right of chase*）：在
别人的土地上狩猎动物的
权利。

223

被这几个贫瘠的山谷所限，
而是想到世界广大，这时代，
　　多么适合他施展。

他会这样对自己的宝剑说：
"你去实现我至高无上的意志，
穿过诸国，穿过半个世界，
　　你来评判法律和事实！

我们应该尽自己的本分，
而人类也应当明白，
任何人也不会超过我们，
　　若说到父亲般的关怀。

古老的事物都过于古老，
好的事物尚无一件完美无缺；
我们将表明自己能助力创造
　　另一种质料的世界。

我也要有我自己的国王们，
我掌握着他们的生死大权，
许多王国会遵从我的呼吸，
　　像云一样飘摇变幻。"

哎，如果他的话得以实现，

它本该如此，想来叫人快意！

那么法国有它现在夸口的人，^①

　　我们有勇敢的罗布·罗伊！

不，他们不能相提并论，

勇敢的头领，我不能将你中伤，

何处都不能，尤其是这里，

　　当我站在你的墓旁。　　　　　100

因为你虽然有不羁的想法，

一个野蛮部族的不羁领袖，

但你有一点足可以夸耀：

　　你热爱人的自由。

如果命运让你活在今天，

与我们一起在天光下面，

高贵的你将会奋然而起，

　　去为了正义而战。

因为罗宾是穷人的砥柱，

是穷人的心，穷人的手掌；　　　110

一切无力量的被压迫者，

　　都能驱使罗宾的力量。

225

那沉思的牧人可以为证，

他屡屡发出忧郁的长叹，

当他在维尔湖的高地上独行，

  在洛蒙德湖的陡岸。^①

远远近近，在谷地中，山中，

人们的面孔都做着同一见证，

那些面孔如同新火被点燃，

  当听到罗布·罗伊之名。

120

①

维尔湖（*Loch Veol*）、洛蒙

德湖（*Loch Lomond*）：均为

苏格兰湖泊，后者为苏格

兰最大的湖。

致彭斯之子

在拜谒彭斯墓后（一八〇三年八月十四日）^①

你们正奋力攀登人生的山坡，

这是善恶难以分辨的时刻，

你们需具备非凡的坚韧品格，

　　　　非凡的能力，

如果你们希望意志中的美德，

　　　　获得合法统治。

纵使你们身体强健，能够容忍

放浪形骸而无大碍，也要当心！

但若你们分得了父亲的聪明，

　　　　那么，千真万确，

彭斯的儿子们！你们要清醒，

　　　　要保持着警觉。

正因为你们父亲的缘故，

诚实者会乐于向你们表达善意，

　　　　会多溢美之词；而愚人和荡子，

会追逐在你们身旁，

他们会把你们父亲的名字，

　　　　织成给你们的罗网。

10

不要让短浅的志向奴役灵魂，

做独立，慷慨，勇敢的人！

这样的榜样就是你们的父亲，

　　　　对这榜样保持敬意；

但你们也要因他的坟墓而警醒，

　　　　要深思，要畏惧！

独自割禾的少女①

你看她，一个人在田野中，
远处那独自的高地少女，
一边割禾一边歌唱，一个人；
请驻足，或放轻脚步！
她独自收割捆束着田禾，
同时唱着一支忧伤的歌；
啊，你听！因为那声响，
充满这深谷，向谷外荡漾。

还从来不曾有一只夜莺，
向树荫下休息的那些行客，
唱出过这样美好的歌声，
在阿拉伯沙漠。
春天，从布谷鸟的口里，
也不曾听到更动听的鸣啼，
打破茫茫大海的寂寥，
在最遥远的赫布里底群岛。②

谁能告诉我她唱的是何意？
也许，那歌声幽幽而流，

①

约作于一八〇五年十一
月。每段韵脚格式：
ababccdd。

②

赫布里底群岛（*Hebrides*）：
苏格兰西部一群岛。

为古老，不幸，遥远的事，

还有很久前的战斗。

抑或她所唱的更为平凡，

今天的事，人们司空见惯？

某种自然的悲哀，伤悼，苦痛，

它们曾发生，或许还会发生。

不论词意如何，那少女唱着，

仿佛她永不会停止歌唱，

我见她一边歌唱一边劳作，

俯身在镰刀之上。

我谛听，直到心满意足；

然后，当我向小山上走去，

那音乐在我的心中留存，

当她的声音早已杳不可闻。

快乐勇士的品格①

谁是那快乐的勇士？ 谁是他，
每个持武器的人都应渴望成为他？
那是一种慷慨的精魂，当这精魂，
参与到实际人生的任务当中，
会遵循自己童年的志向而行。
他的高贵事业仿佛内在之光，
照见他面前的道路永远明亮。
他具备天生的分辨能力，
分辨可践行的知识，他勤于学习；
他坚守这决心，但不会止步不前，　　　　　　　10
而是把道德作为自己人生的关键。
他注定要与痛苦相伴而生活，
还有恐惧，流血，这凄惨的队列！
他把不得已之事变成光荣的收获；
面对这些，他发挥着一种伟力，
这是赐给我们人性的最高赠予；
他控制和克服它们，将它们改变，
清除它们的流弊，接纳它们的善。
有些事物会让灵魂的情感削弱，
但这些却使他变得更加慈和。　　　　　　　20

① 约作于一八〇五年十二月至一八〇六年一月。韵脚格式：双行体，偶尔有三行同韵。

他并不执拗，因为有许多情形，

常常需要他做出这样的牺牲。

他越受到诱惑，就越了解自我，

越纯洁；越遭遇痛苦与困厄，

他就越有能力坚持与忍受，

他也会因此而变得更加温柔。

他的行为法则就是他的理性，

他依赖它，如同依赖最好的友人。

于是，当人们总是受到诱惑，

去作恶，以期防止更大的恶，

而何种品质或行为应视为最佳，

其判断很少从正确的基础出发；

但他只把善固定于善这一端，

他的每次胜利都是美德使然。

—— 若他上升到执掌权柄的位置，

那是以光明的手段；他将不辱自己，

以居于那位置，否则他会退后，

在自身中把自身的心愿固守。

他明白他的责任，忠于那责任，

他心无旁骛，他的目标很单纯；

所以他不会屈尊俯就，也不会

去攫取财富，荣誉，世俗的地位；

而这些必追随着他；像吗哪一样，[①]

它们若降落，必降落在他头上。

① 吗哪：《圣经》中的神赐食粮。

232

于日常纷争中，或俗世的寻常关切，

他的种种力量在周围撒播

一种持续的影响，特殊的静美。

但是，如果他被召唤去面对

某个严峻时刻，上天使那时刻

对人类有或好或坏的重大后果，　　　　　　50

那时他会像热恋中人一样欣然，

会大放光彩，如同获得了灵感；

激战中他遵守平静时设定的准则，

他看见的是自己预见到的一切。

或者，如果之后对他有意外的任务，

不论那是何时，他都会挺身而出。

—— 但尽管他仿佛具备天赋的直觉，

有能力面对风暴与汹涌的涛波，

而他的灵魂中最主要的部分，

更偏爱家庭之乐，温和的情景；　　　　　　60

那些甘美的形象！不论身在何处，

都存于他心中；这样的忠诚专一，

在他最强烈的激情中得以展现，

他因为所爱良多，所以愈加勇敢。

最后，或许他的地位会很高，

在举国人的眼中光芒闪耀，

抑或他无人想起，无人问津，

不论他身处顺境还是逆境，

或荣或辱，失意还是称心，

70 人生的种种游戏中，他参与的游戏，

其中他最看重之物必须被赢取。

危机出现，他不会因此而沮丧，

想到温柔的幸福也不会使他受伤。

他不满足于自己从前的稳固价值，

他看向未来，坚持到最后一日，

从好到更好，每日都超越自己。

不论世上将流传对他的赞美，

永不消失，激发出高贵的行为，

还是他会默默无闻地归于尘土，

80 留下一个僵死空虚的名字，

他都在自身和追求中找到安宁；

当有限生命的迷雾越来越浓重，

他对上天的赞许一直抱有信心。

这就是那快乐的勇士，就是他，

每个持武器的人都应渴望成为他。

观星者①

这群人在干什么？什么事？我们不可不知。
一个架子上放着一台望远镜，指向天宇。
它像理发店的圆筒一样长，或者小船的桅杆，②
泰晤士河面上漂荡的那种用于娱乐的小船。

那卖艺人的选址很合适，在繁忙的莱斯特广场；③
他选择的夜晚也很幸运，夜空碧蓝晴朗。
人群急切但却平静，人人都备好了手中的钱，
都羡慕那正观看的人 —— 那会是怎样的奇观！

但卖艺人，怎么回事？是你的仪器出了差池？
就像大言不惭的人，碰到了考验就一败涂地？
还是它跟同类一样好，出问题的是人们的眼睛？
他们的眼睛或头脑？或最后，是这璀璨的天穹？

难道与我们所拥有的相比，那些辉煌都逊色？
或者只带来永不可能被珍重的一点点欢乐？
银白的月亮和她的所有山谷，大名鼎鼎的山峰，
难道亲眼见了会背叛我们？难道不过是虚名？

① 约作于一八〇六年四月至十一月。每段韵脚格式：
aabb。

② 指理发店门口的条纹圆筒标志，常写作 *Barber's Pole*。

③ 伦敦的莱斯特广场（*Leicester Square*）。

10

或者，难道是因为人的幻想贪心而又强大？
不论望见了什么，结果总是仿佛辜负它？
或者，当人们的灵魂结束了一段漫长旅途，
回归他们自身，此时他们总不免感到悲戚？

或者，难道我们不得不推断这些粗鲁的看客，
没有多少财产的人，举止鄙陋，数量众多，
他们的灵魂还从未站起来，仍俯伏在地上？
不，这不可能 —— 人们谁不渴望力量与辉煌！

那么，难道那正在看、已看过的人至乐的心里，
被一种严肃的深思占据？一种凝重平稳的欢喜，
它拒绝显出丝毫的骄傲，排斥一切外部表征，
因为它不属于这喧嚣尘世，它静默而神圣。

不论原因如何，那些已一窥究竟的观星者，
确实看起来所得甚少，看起来不如此前快乐。
他们一个个轮流上前，我看见他们走开时，
无一不是没精打采，仿佛并没有得到满足。

音乐的力量①

一位俄耳甫斯! 俄耳甫斯! 信仰会变得大胆,②

把古代的种种神话都一并包含;

你会遇到他, 在庄严的万神殿旁,

那一条从牛津借取了名字的街上。③

他站在那里, 将魔法施加于人群,

以快乐而响亮的音乐控制了他们;

他用自己的力量把他们的心装满,

他和他那样的小提琴还不曾有人听见。

多么热切的一群人! 怎样的一个帝国!

疲惫者有了生命, 饥饿者有了至乐,

哀痛者得到鼓舞, 忧惧者得到休息,

背负着内疚的灵魂不再感到压抑。

正如月亮在夜晚照亮了周围的云,

他在他站立的地方就是光的中心,

光照在那边一个水手黝黑的脸上,

照见那背着篮子的面包师苍白的面庞。

10

① 约作于一八〇六年四月至十一月。每段韵脚格式: *aabb*。

② 俄耳甫斯 (*Orpheus*): 古希腊神话中的歌者, 能使听众如痴如醉。

③ 指伦敦的牛津街。

去办差事的学徒从这里匆匆经过，

那又怎样！他也被捕捉，把时间消磨。

卖报纸的人驻足，虽然他烦躁不宁，

气喘吁吁的点路灯的人也落入网中。

搬运工坐在他本来搬运的东西上；

一位姑娘把小车上的物品推向这方向，

小偷下手会很方便，如果有小偷在此，

那姑娘看到乐师，眼中只有那乐师！

他靠墙而立，他的琴声并没有变轻，

他的帽子给了他力气，钱币落在那帽中；

给钱的有老老少少，最穷的人；你看！

那把自己仅有的一便士都给了他的少年。

那些听众多么幸福，那只手多么自负，

能在这一群感激的人中将欢乐传布。

我为他高兴，虽然他是盲人 —— 从头至尾，

人们开口便是赞美，他们微笑着赞美。

那个高个子，他的体格和身高如同巨人，

他的整个身体一寸寸都充满欢欣；

如果他想静止，他能静止吗？怎么会！

音乐吹在他身体里，如同树被风吹。

一个瘸子扶在自己的拐杖上，像一座
久已前倾的塔，他一小时一小时地倾斜；
还有一位母亲，她的灵魂如同被捆绑，
她应着琴声把怀里的婴儿轻轻摇晃。

四轮马车，双轮马车！你们滔滔如流水，
但这里有二十个欢乐的灵魂如在梦寐。
他们听不见你们，对你们并不在乎，
不在乎你们在逃离什么，或将什么追逐。

"在他们的水磨之侧"①

在他们的水磨之侧，
　那纹丝不动的水磨，
看那边的三个人如同囚徒！
是磨坊主和两个女子，在泰晤士河上，
那小小的平台却足以将他们承载，
他们正在那里翩翩起舞。

音乐来自河岸上，
　传到他们水上的磨坊，
传到他们与水磨相连的房屋，
传到那小木岛，他们在那里整日辛劳，
为缓解这劳作，他们拾取遇到的一切，
他们度过了许多快乐日子。

从那里能望见教堂塔尖，
　它们如同被火焰点燃，
当夕阳向它的休息之地沉落。
在寂静的天空那空荡荡的眼中，
他们三个人翩翩起舞，快乐而自如，
他们舞着，脚下是平静的河。

①

约作于一八〇六年四月至十一月。每段韵脚格式为 *abbcdb*，每段的第四、五行大多有"行内韵"（ *internal rhyme* ）。

240

　　　　　一个男子，两位女性，

　　　　　他们的舞步旋转不停。

　　　那音乐是他们捕捉的一个猎物，

　　　并非为他们而演奏，但何妨为他们所有；

　　　如果他们有忧愁，它吹散了忧愁，

　　　当他们边舞边高呼，"欢乐永驻！"

　　　　　他们舞蹈不是为了我，

　　　　　但我分得了他们的欢乐；

　　　就这样欢乐扩散在大地之上，

　　　仿佛随意的礼物，谁找到就属于谁，

　　　就这样一种丰盛的爱意，无比充沛，

　　　让整个大自然都喜气洋洋。

　　　　　春天的雨一阵一阵，

　　　　　惊醒了小鸟婉转啼鸣；

　　　如果风因为自得其乐而吹起，

　　　每片树叶，片片都会亲吻身旁的树叶，

　　　每道波澜，道道都会将兄弟追赶，

　　　它们都欣喜，因为理当如此。

哀诗

因乔治·博蒙特爵士所绘《风暴中的皮尔古堡》而作①

我曾与你为邻，凹凸不平的废墟！
那个夏月我望见你，从我住的地方。
我每天都看到你，在那全部时间里，
你的身影沉睡在玻璃般的大海上。

天空如此纯净，空气如此寂静，
每一天与下一天是如此相似。
每当我望过去，依然望到你的身影，
那身影摇曳着，但从不曾消失。

那寂静多么完整！不像是沉睡，
不是季节带走或带来的某种心情。
我简直会幻想，那浩瀚的海水，
甚至在一切温存之物中最为温存。

那时候，如果我有画家的手笔，
绘出我之所见；添上微弱的光焰，
那种光不曾存在于海上或陆地，
再添上圣洁，还有诗人的梦幻。

① 约作于一八〇六年五六月。每段韵脚格式：abab。皮尔古堡（Peele Castle）：在英国湖区最南端，华兹华斯一七九四年曾住在那附近。华兹华斯的友人乔治·博蒙特爵士此画题为《风暴中的皮尔古堡》（A Storm: Peele Castle）。

我会把你，你这苍苍的古堡，

置于另一个世界，迥异于这幅画！

置于大海边，那海永不会停止微笑，

置于平静的土地上，欢乐的天空下。　　　　　20

你将如一座宝库，一个宝藏，

储存着平静岁月，你是天国的记录；

历数照耀在世上的所有阳光，

其中最甜美的阳光被赐给了你。

那样的一幅画面将永远安逸，

乐土般静谧，没有劳碌纷争；

一切都静止，只有潮涌，微风习习，

或只有无言的自然那呼吸着的生命。

这就是我心痴妄的幻梦之作，

那时我会绘出这样的一幅画面，　　　　　30

我会在那画中处处看到真之魂魄，

一种信仰，信任，永不会被背叛。

①

华兹华斯的弟弟约翰于

一八〇五年二月在海上遇

难。

从前本可如此，但现在一切都过去，

我已向新的控制力俯首称臣。

一种力量消失了，再无法恢复，

深沉的痛苦使我的灵魂更近于人。①

243

若我眺望，在现在的任何一刻，
望见微笑的海，我都不会再像从前；
我那种痛失之感将永不会褪色，
我深知于此，我说起它时心无波澜。

博蒙特，朋友！你本会是他的友人，
如果我哀悼的那个人还在世上。
我不责备你的作品，我称扬这作品，
这愤怒的大海，那海岸的荒凉。

啊，这激情之作！但智慧而恰切，
这画中的气氛选择得准确无误，
那条船在致命的波涛中奋力拼搏，
这悲哀的天空，这恐怖的盛大演出！

还有这古堡矗立于此，雄伟高大，
我乐于看见它勇于抗争的神色，
它包裹着古老时间那无知觉的铠甲，
面对闪电，狂风，汹涌的涛波。

永别，永别了，那颗独自生活的心，
它栖居于梦中，远离它的同类！
无论它在哪里出现，那种欢欣，
都应被怜悯，因为它诚然盲昧。

但欢迎你们，坚毅，忍耐的心绪，
还有时常目睹的种种需承受的景象，
如我面前的这幅画，或有甚于此。
我们痛苦，我们哀悼，而不失希望。 *60*

"是的，那一定是回声"①

是的，那一定是回声，
孤独，清晰，深远，
应答你，布谷的啼鸣，
一递一声，与你相唤。

它从哪里来？空中还是大地？
这一点布谷鸟说不出来；
但令人吃惊的声音其来有自，
布谷鸟对此一定明白。

就像是那不安的布谷鸟
发出的穿透天地的声音，
就像是它寻常的鸣叫，
就像 —— 然而多么不同！

有限的生命不是也听见？
我们这些懵懂不思之物，
被愚妄，爱，纷争所驱赶，
我们不也听见两种言语？

①

作于一八〇六年六月。每

段韵脚格式：*abab*。

246

我们不也这样？ 是的，我们
不也听见不知来自何处的回答，
从坟墓的彼岸传来的回声，
一种似曾相识的知察？　　　　　　　　　20

这些我们常在自己身内听到，
我们的声音，但来自远处；
谛听，沉思，视它们为珍宝，
因为它们，它们属于上帝！

对家犬的追念①

安息于此吧：就让这小小的坟，

永远属于你，让这块土因此而神圣。

安息于此吧，虽无对你品格的记载，

这万物共有的大地将你覆盖。

我们并非因为对你吝于赞美，

或者不爱你，所以未树立石碑。

你配得上更多；而人给人才写哀诗，

兄弟给兄弟，我们能做的仅止于此。

但那些珍重你美德的人们，

会找到你，在四季的变迁中：

这橡树标记了你的坟，这无声的树，

将乐于作为你的纪念碑而矗立。

我曾为你祈祷，祈祷死亡到来，

我甘愿最后在这里将你掩埋，

因为你活过，直到一切欢乐，

在你身上都屈服于沉重的岁月。

极度的衰老使你越来越憔悴，

你仿佛白日只剩下一线余晖；

你耳朵聋了，你的膝盖绵软，

① 约作于一八〇六年八月至十二月。在一八〇七年的《两卷本诗集》中，此诗之前的一首叙事诗描述了这只狗的一件事，所以此诗题目为"Tribute to the Memory of the Same Dog"。韵脚格式：双行体，偶有三行同韵。

我看到你在夏日的微风里蹒跚，

20

你太虚弱，禁不起风活泼的吹拂，

你已准备好，只待死神的轻轻一击。

那一击来了，我们高兴而又泪流，

男人女人都哭泣，在你死的时候，

不仅因为想到了千百种事情，

家中久远的事，你都参与在其中；

也因为你具有的一些宝贵禀赋，

在别处很少能达到与此相近的程度；

因为你对一切的爱；神圣的直觉，

上帝的厚赠，在你身上最为强烈；

50

一种心的牵绊，头脑中的一种感情，

一种温柔的同情，使你与我们人，

也与你的同类，都难以离分：

是的，在你身上我们看到你的同类里，

那爱的灵魂，爱的智性规律。

因此，我们流泪，然而并不羞惭，

我们的泪水来自理性和强烈情感，

也因此，你的名字将被我们追念！

怨言①

发生了一种变化，使我贫寒。
你的爱在不久前的时光，
是我的痴心门前的一道泉，
它唯一的事就是流淌；
它流淌着，并不在意
自己的丰足，或我的所需。

那时我度过多少快乐瞬间！
幸运的我比一切人都愉快。
现在，不再是那道圣洁的泉，
潺潺，闪光，活生生的爱；
现在如何？ 我是否敢说出？
一口井，冷漠而隐蔽。

一口爱的井，也许很深邃，
我相信它很深，永不会枯竭。
那又怎样？ 如果井水在沉睡，
无声无息，晦暗难测。
—— 就在我的痴心门前，
发生了这变化，使我贫寒。

① 约作于一八〇六年十月至一八〇七年四月。每段韵脚格式：*ababcc*。诗中人指柯尔律治。

"啊，夜莺！千真万确"①

啊，夜莺！千真万确，
在你的心中燃烧着火 ——
你的这些音符穿空而至，
激荡的音乐，强劲锐利。
你歌唱，就仿佛是酒神
助你成为了一个恋人；
你的歌声高傲而轻蔑，
蔑视树荫，露水，沉默的夜，
安稳的欢乐，所有爱情，
它们沉睡在这些平静的林中。　　　　10

就在今天，我听见一只欧鸽，
将它寻常的故事歌唱或诉说。
它的声音埋藏在树林中，
但微风送来了那种声音。
它咕咕，咕咕，从不停止，
它求爱的时候有一些沉郁。
它歌唱的爱里融合着平安，
开始得缓慢，但永不中断；
它唱严肃的信念，内心之乐；
那样的歌，是属于我的歌！　　　　20

① 约作于一八〇七年二月至四月。双行体。

251

吉卜赛人①

他们还在这里？ —— 接踵摩肩，

还是那群人，在同一个地点！

    男人，女人，孩子，

    整个场面都依然如故！

只是他们篝火的光更加鲜明，

如今在夜色的烘托下显得深红，

    照在那些吉卜赛人脸上，

    他们睡的稻草，毯子的"墙"。

—— 十二个，十二个慷慨的小时已过去，

其间我一直在开阔的天空下行路，

    目睹了许多变化和欢乐，

    而再见时他们依然故我。

疲惫的夕阳沉落向休息之处，

然后长庚星出现在灿烂的西方天宇，

    如同一个神现身，发着光，

    比他辉煌的道路更加辉煌。

现在月亮升起，在天黑一小时后，

又一个夜晚减损了她的力量之后，

    看那皓月！ 她望向这里，

① 约作于一八〇七年二月。

双行体。

252

仿佛望着他们 —— 但是，
他们并不看她；啊，哪怕伤害，争夺，
妄行，恶行，也胜过这种生活！
　　无声的天宇变动周流，
　　星辰有使命 —— 而这些人没有。

圣保罗教堂①

被爱与恐惧的矛盾思绪所压迫，
我与你分别，朋友！我步行，
穿过这广大的城市，走路时，
我的眼光向下，耳朵沉睡，脚步
不由自主，它们足以为自己引路，
一步一步我郁郁而行。这时，你看！
并不是我的苦恼如何完全消歇
（那不可能），而是一个蓦然的礼物，
想象的神圣力量所赐的礼物，
我处于不安中的灵魂得到了
一个使之稳定的锚。当我这样
行走着的时候，我恰好抬起
沉重的眼睛，在刹那之间我看见，
在一眼之间，在那个熟悉的地点，
一个梦幻般的景象 —— 一段街道，
完全敞开在它清晨的寂静中，
深邃，空旷，通畅，无人，平整，
洁白，是冬天最纯洁的白雪，与冬天
撒在田野或山上的雪一样美好，
一样清新无瑕。不见移动的形象，

①

约作于一八〇八年四月至
八月。素体。诗题指伦敦
的圣保罗大教堂，开篇的
"朋友"是柯尔律治。

254

除了这里那里有一个影子般的行人，
缓慢，影子般，无声，灰暗；而远处，
超拔在这一段曲折的街道之上，
这条没有声息，没有人的街道，
纯洁，无声，肃穆，美丽，我看见
巨大的，庄严的圣保罗教堂，
在令人敬畏的隔绝中，透过一层面纱，
透过飘落的雪织成的它神圣的面纱。

欣赏一幅佳作有感①

让我们赞美这艺术，它微妙的力，
能阻止那朵云，使它的姿采固定，
不让那一缕轻烟消散于无形，
也不让那些明亮的光线抛弃这白日；
它使那一队走在路上的旅人止步，
当幽深的树林尚未遮住他们的形象；
它使那条船在玻璃般的水面上，
永远停泊在庇护它的港湾里。
抚慰灵魂的艺术！清晨，正午，傍晚，
都服务于你，以其变化不息的盛景！
你，你的雄心谦逊然而远大，
在这里，在生命有限的人眼前，
是从流逝的时间中捕捉的一刹那，
你赋予了它神圣的永恒才有的宁静。

①

约作于一八一一年六
月。十四行，韵脚格式：
abbaaccadefdfe。

256

"正如一条龙的眼睛感到睡眠的压力"①

正如一条龙的眼睛感到睡眠的压力，

开始视线模糊，或者如一盏灯，

阴郁地燃烧在坟墓般的湿冷中，

远处那蜡烛在它黑暗的角落也如此，

那山中的角落；它无声，凄凉，静止，

它没有投影于它下方的湖面；

天空蒙裹着云，也不能提供陪伴，

以减弱它的孤独，给它鼓舞。

但是，在那支无欢的蜡烛之侧

（从这样远也能望见它忧郁的光晕），　　　10

也许有一家人正围着它而坐，

一群快乐的人，明亮的面孔，

他们交谈，读书，大笑；——或欢歌，

当他们的心与声音在歌中交融。

---

①

约作于一八一二年九月。十四行，韵脚格式：*abbaaccadedede*。

"你好，黄昏！一小时平静时光的君王"①

你好，黄昏！一小时平静时光的君王！
你不像没有差别的黑夜那样无趣，
你只是致力于从视野里消除
白天易变的轮廓。——古老的力量！
对那粗鲁的不列颠人，水也这样闪光，
山也这样俯身，当穿着狼皮的他，
在此恣意游荡，在赤裸的岩石上躺下，
休息，或者透过茂密的树叶仰望，
直到闭上了眼睛。他也看见，
我们现在看见的这同样的幻境，
那是你，影子般的力量，轻唤而来；
这些雄伟的屏障，它们之间的深渊，
洪水，星辰，——这古老的情景，
一如在那天与地初开的年代。

①

约作于一八一二年九

月。十四行，韵脚格式：

abbaaccadefdef。

258

"我被喜悦所惊 —— 像急切的风一样"①

我被喜悦所惊 —— 像急切的风一样，

我想分享这狂喜 —— 啊，与什么人，

除了你？ 而你早已埋葬在无声的墓中，

世事变迁再不可能触及的那个地方。

爱，忠诚的爱，将你唤回到我心上 ——

但我怎能忘记你？ 是什么力量下，

哪怕在电光火石般的一刹那，

我如被欺蒙一般，竟然会遗忘

我最痛苦的损失？ 那一念的恢复，

带来悲伤曾承受的最锐利痛感，

除了一次，只一次，当我孑然而立，

知道我心的无上珍宝已不在人间；

知道不论现在，还是未来的时日，

那张神圣的面孔再不会回到我眼前。

① 约作于一八一三年至一八一四年十月。十四行，韵脚格式：*abbaaccadedede*。诗中人指华兹华斯四岁即夭折的女儿凯瑟琳（*Catherine Wordsworth*, 1808—1812）。

紫杉树①

有一株紫杉树，罗顿谷地的骄傲，
它一直独自矗立到今天，立在
自己的幽荫中，就像遥远的当年，
当年它并非不愿意提供武器，
在伦福拉威尔或者珀西的队伍
向苏格兰荒野进发前；或给那些②
渡海的人，他们的弓在阿金库尔鸣响，
也许更早，在克雷西，在普瓦捷。③
这棵孤独的树有多么宽的树围，
投下多么深的幽暗！—— 一个活物，
生长得如此缓慢，以至不会衰朽，
它的形态和面貌是如此庄严，
不会被人毁坏。但更为醒目的，
是博罗代尔谷的那四株兄弟树④
共同组成一座肃穆宽大的丛林。
它们巨大的树干！每一株树干，
都由一根根蛇形纤维扭结在一起，
向上缠绕着，坚硬牢固地盘曲，
它们并非不容纳幻想，有着
令亵渎者却步的神情；那树荫

①

作于一八一一——一八一四年。素体。紫杉的树龄可长达几千年。

②

紫杉木可做长弓。伦福拉威尔（Umfraville）: Sir Ingram de Umfraville，十四世纪苏格兰与英格兰战争中的苏格兰骑士。珀西（Percy）: Sir Henry Percy（1366—1403），英格兰军事领袖，曾守卫与苏格兰的边境。

③

阿金库尔（Azincour）、克雷西（Crecy）、普瓦捷（Poitiers）: 在法国，均为英法百年战争（1337—1453）中著名战役发生的地点。百年战争中，长弓是英国的重要武器。

④

罗顿谷地（Lorton Vale），博罗代尔谷（Borrowdale）: 均在湖区中西部。

由砥柱支撑，棕红色地面不生青草，

常年被仿佛伤悼的落叶所染。

在由枝干构成的黑色屋顶下，

仿佛是为了庆祝节日，会有

鬼魂般的形影，装饰着无喜色的浆果，

在正午相会 ——"恐惧"，颤抖的"希望"，

"沉默"，"预感"—— 骷髅状的"死神"，

影子般的"时间"—— 在那里庆祝，

如同在一座天然圣殿，殿中散布着

无人动过的祭坛，那是石头生满苍苔。

他们在那里一起崇拜，或者躺下来，

无声地休息，倾听山中的水流，

在格拉马拉幽邃的洞穴里低吟。

30

探访亚罗

一八一四年九月①

这是 —— 亚罗？ 这难道就是
我的幻想所钟爱的溪流？
那样笃爱，一个清醒的梦，
那形象已经化为乌有！
但愿近旁有游吟诗人的竖琴，
弹奏出欢快的音符，
把这寂静从空气中驱走，
它使我的心充满忧郁。

但何必如此？ —— 一道银色水流，
自由自在地蜿蜒而行，
我的眼睛不曾从更翠绿的山
得到安慰，在一切的漫游中。
圣玛丽湖的湖水深不可测，
那湖看上去为此欣喜，
因为那些青山的形貌，
无不历历投影在明镜里。

蓝天笼罩在亚罗谷上，
除了那一片珍珠白的地方，

① 每段韵脚格式：abcbdefe。

弥散在初升的旭日四周，

一种轻柔朦胧的亮光。   20

温和的，充满希望的清晨！

它驱逐了一切无益的忧郁，

虽然它并非不愿意在此，

容纳一种深沉的回忆。

那位著名的亚罗谷之花，

他当时流着血，躺在何方？

他的坟也许是那边的圆丘，

现在那上面是吃草的牛羊。

也许就是从这澄澈的水潭

（它现在如清晨一般平静），   30

水中的幽灵三次升起，

三次发出他悲哀的提醒。[①]

① 华兹华斯在此将两个歌谣
故事融合在了一起。一个
故事中，一青年在亚罗河
边被情敌所刺。另一故事
中，一青年在亚罗河溺亡，
他的情人称他为"亚罗之
花"，他的幽魂三次从水
中升起，发出哀诉。

有一种歌声是甜美的，

它歌唱幸福恋人们的去处，

那把他们引向树林的小径，

茂密的树林将他们遮蔽。

怜悯使那一种诗歌圣洁，

它以悲哀的力量去描写

不可征服的爱的力量；

请你做证，伤心的亚罗！   40

263

你，你曾显得如此美丽，

在我痴妄的想象当中；

而白日的阳光照耀下的你，

堪与精致的想象物争胜。

你周围笼罩着温和的可爱，

一种静谧神圣的轻柔；

那是秋叶飘零的森林之静美，

和属于田园牧歌的忧愁。

离开那里后，在谷地中，

50 铺展开高大丰茂的树林，

亚罗河穿过人加工过的自然，

在那盛景中蜿蜒而行；

耸立在那些高高的树林上，

看，一座苍苍的废墟！

那是纽瓦克塔残毁的正面，

它在边境故事里声名远驰。①

美好的景象，宜于童年之花，

宜于活泼的青年在其中漫游，

成年人在其中安享他的力量，

60 老者在其中慢慢衰朽。

那边的农舍仿佛至乐所在，

① 苏格兰诗人与小说家沃尔特·司各特（*Walter Scott*, 1771—1832）的《最后一位游吟诗人之歌》（*The Lay of the Last Minstrel*）中故事的地点就设在纽瓦克塔（*Newark Tower*）。

它看上去有能力庇护
勤勉的闲暇，慷慨的用心，
还有每一种纯洁的爱意！

多么美好！在这一个秋日，
将野生树林中的果实采撷，
把花环戴在我爱人的额上，^①
那些石楠盛开的花朵。
我自己戴一个花环也无妨！
这不能算是对理性有损，
肃穆的群山就这样装饰额头，   70
以这种形貌来迎接寒冬。

我看到 —— 但不只用眼睛，
可爱的亚罗，我已赢得你；
仍然有一线幻想留存 ——
它的阳光在你的水上嬉戏。
你永远年轻的一道道水波，
奔流不息，活泼而欢快。
我的嘴唇能发出愉悦的音符，
以应和那流水的节拍。   80

①
此次与华兹华斯同行的是
他的妻子玛丽。

依依的雾霭萦绕在高山上，
它们正散去，很快将消失；

265

我像它们也只有一小时的时间 ——
这伤感的念头，我将它驱逐。
但我知道不论我走到哪里，
你本真的形象将伴着我，亚罗，
使我在欢乐中有更高的欢乐，
使我的心灵在悲伤中得到慰藉。

作于科拉·林恩瀑布

遥望华莱士塔^①

如何让华莱士 —— 华莱士为苏格兰而战 —— 之名

像野花一样流芳他的故园，

让华莱士之英雄业绩遍布陡峭的

山崖与平缓的河畔，犹如一群

幽灵，将当地独立与自由的不屈

精神四处泼洒，寄予庇护

这种自由精神的天然圣殿。^②

谷地的王者，令人吃惊的河！

这密林中最为迟钝的树叶，

也感到你的力而抖颤不停；

一个个洞穴以空虚的低语应答，

远处那被时间加固的高塔，

它核心的石头也震动。

但这乡间的风景多么美丽，

因为你，克莱德河，你总是

既强大，又良善；

你喜欢用清新的露水，

打湿颤抖的小花，它们点缀

267

在你倾斜的岩石间。

于是，所有爱自己祖国的人士，
都爱望着你 —— 都乐于漫步，
在能听见你声音的地方；
谷地的王者！对那位爱国勇士之魂，
对那些埋葬在土里的英雄，
多么亲切，你的声响！

沿着你的两岸，寂寂深夜，
能看见华莱士的幽魂掠过，
或者他穿着战斗衣装，
在苍白的月光下高高矗立，
那位配得上这河流的勇士，
栩栩如生，在那灰塔顶上。

但是云和心怀嫉妒的黑暗，
将那历历在目的形象遮掩，
幻想结束了短暂使命。
告诉我，这些可畏的幻想形象，
会去往哪些渺茫的地方，
何处没有人迹的海滨？

他们不屑于接受凡俗的役使，

但我们从群山那里得知，

谷地也明示这一点：

他们将永远不会自降身份，

结交那心灵冷漠的人，

他无视人的幸福苦难。

灵魂卑怯的人将一无所得，

当他在马拉松平原上走过，

或者穿过那暗影，

它仍笼罩着那护国的关隘，

李奥尼达曾巍然立于那所在，

坟墓是他的宿命。[①]

40

也不要以为对他有任何益处，

当这样的人荡桨或扬帆漂移，

从松荫下驶过；

就在那里，在乌里州的湖边，

泰尔曾经射出他复仇的箭，[②]

它们渴饮暴君的血。

[①]
指古希腊与波斯战争中的
两次重要战役：马拉松战
役、温泉关战役。李奥尼
达是温泉关战役中的斯巴
达国王。

[②]
泰尔（William Tell）：传说
中的瑞士中世纪民族英
雄，乌里州（Uri）是他的
家乡。

致 B.R. 海登先生①

我们的使命很崇高，朋友！—— 艺术
（不论她将词语作为工具使用，
抑或画笔，它蕴含着色彩氤氲），
都要求一种头脑和心的服务，
它们虽敏感，但即便其最脆弱处，
也铸造得刚强 —— 为了让人们
信任孤独的缪斯发出的低吟，
当全世界都仿佛反对她，将她抛弃。
啊，当本心消沉（她常不免这样，
因为被莫名的痛苦长期压迫），
依然要为那光辉的嘉奖而孜孜不倦；
不要让灵魂中出现朽蚀之象，
不要容许脆弱的心态迁延不绝，
那光荣是辉煌的，因为斗争艰难！

① 约作于一八一五年十一月。十四行，韵脚格式：*abbaabbacdecde*。海登（*Benjamin Robert Haydon*, 1786—1846）：画家。

一八一五年九月①

虽然还没有一片枯叶，虽然田野里
满目正在成熟的庄稼，色彩缤纷，
沐浴着灿烂阳光，但这阵凛然的风，
从某个遥远地方而来，冬天在那里，
挥舞着冰冷的弯刀，这阵风预示，
痛苦的变化将至；它叫花朵要当心，
对沉默的鸟低声说："把最坚固的盾
准备好，以迎接你们的劲敌。"
我服从更温和的一些律法，而我
也是自然中的歌者；于我，绿叶间   10
这萧萧声，那高而澄澈的蓝天，
宣告一个强有力的更新之季到来，
在霜雪中重振我自发的欢歌，
宣告更高远的思虑，胜过夏日的倦怠。

①

约作于一八一五年十二
月。十四行，韵脚格式：

abbaabbacddece。

一八一五年十一月一日[①]

多么清晰，多么强烈，多么奇异鲜明，

那座远山之顶发出的熠熠光泽，

那里铺满天空落下的最均匀的雪，

耀眼如另一个太阳 —— 在人的视线中，

它高高耸立，仿佛为了阻挡黑夜降临，

和所有闪闪的星。谁忍心在那里踏过，

如果他能够？那远山的巅峰光芒闪烁，

属于大地，但其表面，悲哀的死神

令大地污浊的翅膀不曾掠过那里，

玷污那里。空气中有种种力量存在，

但也不会消解它必定长存的美，

洁白，闪光，无瑕，精致而纯粹，

经过所有变迁 —— 直到和暖的春日，

一个个欢笑的谷地里繁花盛开。

回忆法国军队远证俄国，
一八一六年二月作[①]

人类，因为乐意于看到
对自身衰朽的一种痴妄映射，
把冬天描绘成一个干瘪，衰老，
紧裹着衣衫，穿过疲惫白日的过客，
拄着拐杖，在平原上蹒跚而行，
仿佛他虚弱的身体不堪病痛。
或者，如果另一种幻想更为适宜，
赋予冬天无可争议的当权者形象，
给他选择的权杖也是一截枯枝，
无力地握在一只麻痹的手上。
这些象征物只适合凄凉无助的人，
强大的冬天不会把它们放在眼中。

因为是他，可畏的冬天！是他，
在前军后军的四周将骇人的网抛下，
包围那大军，当他们从北方撤离，
他们疯狂的野心那荒凉的目的地。
挑战上帝的军队从未这样庞大强壮，
他们全心全意地相信人的狂妄。

10

273

如同父亲将叛逆的儿子们逼迫，

20 冬天打击战斗青年里的英华，

他呼唤冰霜以其无情的齿牙，

摧毁原本牢牢握住生命的壮年；

他也不放过缓慢流淌的老人的血，

因为，除了为自由，为神圣家园，

白发苍苍的老者因何这样大胆？

　　鞑靼人没有缰绳的骏马固然飞快，

但风的翅膀远比它更为迅疾，

那是冬天从西伯利亚洞穴释放出来，

派遣到这里，带着一队队的从属。

30 冬天让飞雪跨到那些风宽阔的脊背上，

　　驰向战场；

并没有怜悯的声音命令它们停止，

也没有谁的勇气能抵挡这可怕袭击。

涣散，沮丧，麻木，茫茫然，

一军团一军团的士兵倒下 —— 刹那间，

就被掩埋，死去：你寻找他们，

当清晨再度到来，天空蔚蓝澄净，

你看那一片寂寂的荒野，空旷无痕！

致 ——，在最长的一天①

让我们离开这浓荫下面，
还有旁边潺潺的溪水；
太阳已沉入自己的港湾，
辽阔的天空令它疲惫。

现在黄昏将枷锁都解开，
那些枷锁是天光所铸；
它预兆着夜晚即将到来，
一切呼吸之物都心怀感激。

但随之而来一些沉郁的思索，
当傍晚又走在它平静的路线；
因为这一天现在正终结，
它是一年里最长的一天。

劳拉！嬉戏吧，继续嬉戏，
在这块平台上，自在轻盈；
汲取欢乐，当最长，最短促，
于你而言都并不要紧。

① 作于一八一七年六月。每段韵脚格式：*abab*。写给女儿多拉。

10

275

谁会去阻止那喜悦的情感，
是它激发了红雀的歌唱？
谁会去制止燕子飞旋，
以它迅疾而有力的翅膀？

但是，在这个难忘的时辰，
出自温柔爱怜的言语，
从朴素的理性得来的真，
或能使最可爱的脸庞欢愉。

当阴影纷至沓来，重重叠叠，
将风景从人们的视野里窃走，
我给你这关乎道德的劝诫，
然后就到了说"晚安"的时候。

夏天正消逝；之后的每一天，
都仿佛是从高处退潮，
缓缓趋向幽暗的深渊，
冬日的严霜将那里笼罩。

主宰着万事万物的神，
在他的神意中也是如此，
他所赐予人类的生命，
也这样一步步缓缓降低。

但我们对此并没有察觉；
果实变红，鲜花依旧盛开，
人心总是不愿意抛却
它长久以来怀抱的期待。

拥有更多智慧吧，少女！
当你的衰落也如期来临，
不要让花，果实累累的树枝，
妨碍你看清自己的命运。

现在，即便现在，在沉睡前，
让你的眼睛注视着海洋，
它吸取了时空和数量万千，
向永恒投去你的目光。

你要追随那条流动的河，
河上的一切都向着永恒而行，
一切被骗者，一切欺骗者，
都穿过夜与晨的一道道门。

穿过一道道岁月的大门；
穿过许多星辰标记的所在，
星辰对脆弱的人类并非无情，

当它们的光从远方归来。

这样，当你随时间近了终点，
近了那万物所归的海洋，
当那曲折的河流变得舒展，
合于你最为美好的想象；

想一想，如果你以美貌立身，
那个支撑多么不足倚恃，
假如美德不是使最微贱的人，
拥有了永不会消残的魅力。

责任，如同一位严格的师长，
有时候会皱眉，或仿佛皱眉；
你要选她的荆棘做你的权杖，
当你头上环绕着青春的玫瑰。

握住它，—— 如果你退缩，战栗，
芳草地上最美丽的姑娘！
你将缺少那唯一的象征物，
是它宣告一个真正的女王；

是它确保那些荣耀的桂冠，
被选中的灵魂才能佩戴它们；

他们俯身在那赐予者面前，

那主宰着天上永恒岁月的神。

变迁①

"解体"从低到高一路而行，
又从高落到低处，沿着一串
可畏的音符，其和弦不会走板；
一种动听然而忧郁的乐音，
那些人能听见它，不参与犯罪的人，
他们不贪婪，也不过度心焦。
真理永存；但是它的外在形貌，
最长久的也会如同青霜消融，
那霜在早晨染白了山岭平地，
然后消失；或像高塔昨日尚存，
蓦地倒塌，它曾巍然头戴杂草，
如同戴着王冠，但它甚至经不起
一声打破寂静空气的无意呼叫，
或者时间不可思议的轻轻一碰。

"不只是爱情，战争，或内战" ①

不只是爱情，战争，或内战

激起的风云，也不只是变故后的废墟，

或责任奋力抵挡种种奇特的痛苦，

不只是这些能给那动听的海螺以灵感。

如果一处地方笼罩着和谐平安，

缪斯也并非不乐于在那里漫步，

看蓝色炊烟从榆树下的农庄里，

从那薄暮中的幽谷，升向青天。

她爱温和的追求，孤独的事业，

智慧的满足，和淡淡的忧伤；   10

她喜欢注视着一条水晶般的河，

透明的河，因为它缓慢流淌；

永远迷人的是那轻柔的音乐，

羞涩低微的花朵有最美好的芳香。

①

作于一八二一年一月至三

月。十四行，韵脚格式：

abbaabbacdcdcd。

致——①

就让别的诗人歌唱天使，
　　无瑕的灿烂太阳；
但你并非那样的完美之物，
　　幸而你不是那样！

如果你那样，对着众目睽睽，
　　如一场公共表演，
那么我的幻想还有何可为，
　　我的感情有何贡献？

世界不承认你拥有美貌，
　　玛丽，就由它如此，
美貌中并没有一丝一毫，
　　比得上你对我的意义。

真正的美居住在幽僻之境，
　　她的面纱不会揭开，
直到心与心一起和谐跳动，
　　付出爱的人也得到爱。

①
约作于一八二四年春夏。
韵脚格式：*abab*。写给妻子
玛丽。

282

作于威尔士北部的一座城堡废墟中①

穿过残破的走廊，没有屋顶的大厅，

脚步轻轻，而仍仿佛常被听见，

陌生人徘徊叹息着，冒昧地抱怨

古老的时间，虽然在命运的奴隶中，

时间是最温和者，它只仁慈地触碰

这些伤口，轻柔如同洒落的光线，

来自苍白的月，照见塔，断壁残垣，

那光使暗影中最深的长眠更加深沉。

王者的陈迹！摧毁你的战争已被遗忘，

你被弃给风，给群星注视的目光，　　　　　10

但时间爱你。在它的召唤下，四季

把青翠的花环戴在你苍老的前额；

没有哪种变迁能恢复过去的煊赫，

但你得到了欣慰的补偿，时间的赠礼。

①

作于一八二四年九月。

十四行，韵脚格式：

abbaabbaccdeed。

"不要小看十四行诗"①

不要小看十四行诗；批评家，你皱起眉，

不顾它应得的荣誉；—— 以这把钥匙，

莎士比亚打开了心扉；这小琴的旋律，

让彼特拉克的创伤得到了安慰；

而塔索吹响这支短笛有一千回；

卡蒙斯以它抚平一个流放者的悲伤；

它像一片桃金娘叶子熠熠生光，

把但丁由柏枝编成的冠冕点缀，

戴在他炯炯的额头；这萤火之灯，

鼓舞了温和的斯宾塞，当他离开仙域，

在黑暗的旅途挣扎；当有一种阴冷

降落到弥尔顿的道路，在他手里，

它变成了一只号角，激扬的曲调

从那号角里吹出 —— 哎，只恨太少！

致布谷鸟①

当雨后阳光灿烂，整座树林里，

群鸟齐鸣，但都不及从你的口中

发出的第一声呼唤那样穿透人心，

布谷鸟！你那紧紧相连的两个音符。

囚徒在潮湿阴冷的牢狱里幽闭，

度量着他孤独的命运的期限，

他听到那啼声；它给病人的房间

送去欢乐，病人露出生动的笑意。

王者般的鹰隼家族也许会消亡，

因为敌意的搜捕；也许到某个时候，

旷野里再也听不见狮子怒吼；

但是，只要公鸡在农家的栖木上，

依然报晓，和风就会推助你的羽翼，

你游荡的声音就不会把春天抛弃！

10

①

作于一八二七年一月至四

月。十四行，韵脚格式：

abbaaccadeedff。

孝心①

它没有被触动，经过了多少严寒，
没有被破坏，不论农舍的炉中
怎样需要安慰，或需要节日的欢欣；
已有半个世纪之久，那一堆泥炭。
是的，过客！已过去五十个冬天，
自从死神猝然向那个堆积泥炭的人，
射出箭矢；这是他在尘世的最后劳动，
因此他的儿子珍重它，胜过世间
黄金能买的一切；他看护它，用双手，
那双忠实于这炭堆的手兢兢业业，
不使它荒芜。每阵风吹来它都更开裂，
但它就这样矗立，在年年的修葺后，
像粗朴的坟！然而鹪鹩在那里筑巢，
知更鸟鸣啼，当悦耳的声音寥落稀少。

①
作于一八二七年十二月至
一八二八年一月。十四行，
韵脚格式：*abbaabbacddcee*。

声音的力量①

主旨

开篇至第6段末：致言于人耳，认为耳中有一精神性的执掌者，耳与声的交流，包括个别声音以及精心组合的和声；那些声音的来源及效果。‖ 第7段至第10段中间：音乐的力量，其来源，以白痴为证；古代音乐的起源及效果，该音乐如何制造。‖ 第10段后半段：将思绪唤回到单独作用的偶然声音。‖ 第11段：希望这些声音能合为一个体系或系统，具有道德品性，可供智力沉思。‖ 第12段：毕达哥拉斯关于数字与音乐的理论，以及他认为它们对宇宙运行的影响；合于此理论的想象。‖ 第13段：第11段所表达的愿望部分实现，所有声音均体现为对造物主的感恩。‖ 第14段：地球和行星系统的毁灭；能听得见的音乐留存下来，其支点在于《圣经》中所揭示的神圣本性。

1.

你的功能轻盈空灵，②

仿佛在你之内住着一个顾盼的思维，

你这洞察的器官！一个缥缈的精灵，

使听觉暗不见光的斗室如有了智慧。

复杂可畏的迷宫，沉思不敢斗胆

踏入你，甚于神谕所在的洞窟。

狭窄的通道，从那里传来长叹，

低语，传给心 —— 它们的奴隶；

传来尖叫，它们乐于折磨虐待

① 约作于一八二九年十一月至一八三四年七月。每段韵脚格式：*ababcdcdefegfghh*。

② 如"主旨"中所言，"你"指人耳。

听者颤抖的肉体；传来歌声，

有穿透力的动人歌声，它能解开

疯狂的枷锁，或即使人被绝望伏击，

它也能诱使人露出笑容；

顺长长的过道涌来颂歌，歌颂上帝，

还有安魂曲，与它们相应和，

是生命最深处那虔诚跳动的脉搏。

2.

湍急的溪水和流泉，

不倦地效力于你，看不见的精灵，

抚慰不眠的帐篷，在叙利亚高山，

或许让千千万万的花朵沉入梦境。

那声咆哮，是游荡的狮子说"我在此"，

它令辽阔的沙漠多么恐慌。

而母羊咩咩的叫声充满爱意，

呼唤落后的羔羊到自己身旁。

高呼吧，布谷！让春的灵魂，

与你一起去冰封的地带；

孤独的钟鸣鸟，从最高枝发出鸣声！

在慈悲女神最爱的寂静之时；

她坐在宝座上，周围是暮霭，

她倾听修女因神圣的恐惧而低泣，

水手从暗下来的大海上发出祈祷，

农舍里的孀妇唱着摇篮曲调。

3.

你们人声，你们影子，

人声的形象 —— 向猎犬和号角的方向，

从嶙峋陡崖和散落着岩石的草地，

返来回声，那声音在苍穹里回荡。

继续游戏吧！ 直到教堂塔楼的钟，

发出有节奏的问候，充满欢喜；

钟楼也会回荡更温和的回声，

重复着婚礼的交响曲。   40

让我们漫步，在那时或更早，

到雾霭散开或已消失的地方，

让我们从高处俯瞰一个山坳，

山坳里点缀着一群无忧的歌者，

是那些欢乐的挤奶姑娘，

她们按各自的心意唱起短歌 ——

那流动的音乐会远胜精巧的艺术，

仿佛溪水从同一颗饱满的心流出。

4.

让我们赞美那支歌，它照亮

盲人的黑暗，增添老兵的喜悦；   50

也不要藐视农民的口哨声响，

它减轻了耕耘碧野的辛勤劳作。

疲惫的奴隶，歌声托起他无力的桨，

又让它稳稳落下，那声音

让最美丽的海岸更添了辉光，

让最严酷的气候也变得温馨。

看那些朝圣者排成一个队伍，

慢慢前行；但一曲《万福玛利亚》，

不久将缓解他们的旅途之苦，

他们满怀希望，远方的圣殿，

将发出更加生动的光华。

拘禁在矿井里的工人也并不孤单，

当他从自己清澈心胸的井泉中汲水，

在歌声中让他的悲伤消退。

5.

当一国的社会更新改换，

为满足人们最为急迫的需要，

滔滔雄辩并无益处，那时候，灵感

会随一支歌而高举，它像一阵狂飙，

呼啸着穿过洞穴，有城垛的高塔；

然后怠惰者振起，意气洋洋，

迎向那自由之声，它磅礴宏大，

宣告未来，锐利，野性，欢畅！

它出自士兵的盛大游行，

在战斗的日子鼓舞士气，

也鼓舞无武器，头上无羽饰的人群。

即使轻柔甜蜜的音乐，

也激励和平的奋斗，怯懦的希冀

与清白渴望之间的温和嬉乐，

那音乐来自美惠三女神的舞蹈，

在爱神轻拂的翅膀边她们舞姿飘飘。 80

6.

掌管声音的摄政之王，

危险的激情多少次走在你的迷宫里！

因你的缘故，颂歌在圣殿里回响，

乌云以万钧雷霆诉说着上帝。

那么，请不要以你感官的哄诱，

背叛你的信徒，他们会甘心

屈从于一种肉欲的享受，

它污染更纯正、更好的心灵。

相反，请把病态的幻想引回，

回到那竖琴，它经受过高贵考验； 90

如果有德之人感到的痛苦过于尖锐，

安抚它，使它更能够忍耐，

将自杀者举起的手臂阻拦；

让你的某种情绪以坚固的安排，

紧密编织当务之急所需的种种思索，

当烈士尚未烧焚，爱国者尚未流血！

7.

正如于存在的最核心，

良心用无法抵抗的痛苦给人以打击；

庄严的节奏也如此，如果它走进

白痴者的大脑那些潮湿的密室，

会将他变成可怜人在风雨中飘摇，

他抽搐着，仿佛被噪音撕扯，

然后他脸色苍白，因为那曲调，

部分地将他引入了理性的世界；

那曲折旋律的力量，

令人畏惧，于感官和灵魂而言；

或者他会震怖流泪，难抑沮丧。

这些奇事难道不指向一种艺术，

它居于星辉灿烂的天极之巅？

难道不是从神圣爱的心里，

流出那些纯正旋律，在那里，智，美，真，

与秩序共存于无尽的青春？

8.

遗忘未必能够埋没

时间这吝啬者聚敛的全部奇珍。

俄耳甫斯的洞见！勇敢的爱真理者，

请攀登有节制的激情那最初的里程。

那时，音乐下降到这粗糙的尘寰内，

她精微的妙义涌动周流，

人声与海螺声引出一滴泪，

比出于自然的泪更加轻柔。 120

但人类的童年时代奋发昂扬，

艺术大胆，因为灵魂有感受力；

不论艺术到哪里，迷醉的想象

都热切追随它，推助她前行，

穿过痛苦之地，幸福之地：

地狱也向琴声低头；天穹也欢庆， ①

当喧喧的咒语和魔法的诗篇，

驱散令星光苍白的灾难。

9.

国王安菲翁的异禀，

以旋律为一座城市筑起高墙， ② 130

在信仰者听来并非虚言。阿利翁！ ③

你的本领能使海中的生灵像人一样，

而人却是妖魔。他的最后一个求告，

是让他唱一支歌；美妙的歌声，

从甲板传来，越过顺从的波涛，

海豚聚拢到周围来倾听。

他纵身跃下，仿佛走投无路，

① 俄耳甫斯的琴声使冥界之王与王后都深受感动。

② 安菲翁（Amphion）：希腊神话人物，以音乐的魔力驱遣石头，建成忒拜城墙。

③ 阿利翁（Arion）：传说中的诗人和音乐家。在一次渡海时，海盗要杀他，但他的音乐声使海豚着迷。后来那海豚成为天上之星。

跃入那奇异的听众中，他跨上

一只骄傲的海豚，它像良马般驯服；

140　他歌唱着，伴奏的手拂过琴弦；

这位音乐家乘风破浪，

就这样他将抵达一处善待他的海滩。

他和救他的海豚在人们的记忆中，

粲然有光，像寂寂夜晚的星。

10.

潘神的芦笛无比甜蜜，

对于卧在阿卡迪亚松荫的牧羊人；^①

那些昂然为酒神驾车的豹子，

当它们听见铙钹的声音，

它们的眼球是怎样闪闪发光！

150　农牧神，半人半兽神蹴踏地面，

和着节拍，西勒诺斯轻轻摇晃，^②

向这边那边，头戴野花的花环。

把你的听觉转回到人生，

如果你们渴望离开寓言世界

（尽管寓言服从于真理），那么请听：

寒冷的土撒下，星星点点，

在棺木的盖子上簌簌而落；

教堂的丧钟对囚徒发出召唤；

下风的海滩徒然传来遇险信号炮，^③

①

阿卡迪亚（Menalian，即 Arcadian）：牧歌中理想化的希腊地区。

②

这些都是酒神狄俄尼索斯的扈从。农牧神（Faun）：人形，有羊的耳朵、角、尾、后腿；半人半兽神（Satyr）：半人半羊；西勒诺斯（Silenus）：酒神的老师和伙伴。

③

遇险信号炮（distress-gun）：遇险船只发出的间隔一分钟的信号炮。

又一声传来，然后归于寂寥！

11.

让人恐怖、欢乐、怜悯，

音符的范围无比广大，波澜澎湃；

从婴儿呱呱坠地，到雄伟的城邦之声，

它涌动的低音如同庄严的大海，

传到遥远的森林 —— 再将颤音融合，

那是一只羞涩的鸟唱着爱情故事，

它几乎能吸引一个天使降落，

当他俯瞰着月光下的谷地。

但愿有某种能触动灵魂，

关乎道德的音乐体系，以联合整全

流浪的歌者，他们的宿命是记忆中

缥缈的梦。—— 愿他们俯首接受枷锁，

那珍贵的枷锁会封住双眼，

历代苦吟的诗人们都戴着那枷锁。[①]

啊，要说出那无影无形的真理，

这不啻一种平衡，仿佛深思熟虑。

①

如关于荷马的传说一样，

一些游吟诗人也被传说是

盲者。

12.

有一种精神广布四方，

关于声与数的精神，它控制着万物，

如哲人们所言；在此，信仰

180　也有资格进入那古老的神秘教义。①

重重天宇，其外表让我们的心灵，

像它们本身看上去那样平和，

它们其实充满无尽的声音，

回荡着永恒不息的音乐。

高高的海岬笼罩着雾霭，

立在波涛中，它们深知，

海洋是产生音乐的强大所在。

无处不在的风，你翅膀翩翩，

前后涌动，从不止息，

190　你的翅膀是音乐派遣来的使团，

它们带来的旋律支撑着四季运行；

严冬喜爱一种哀歌般的声音。

13.

请高奏感恩的歌，

你们管弦乐器，一队队，一排排；

为了发扬光大那永恒不朽者，

把你们无词的音符与人声联合起来！

不要沉寂，草地上的牛羊之声；

正午嗡嗡响的森林，不要静悄悄；

让人们也听见你，孤独的鹰！

200　你摆脱了雪山和云，请节制协调

你饥饿的尖叫，使那声响

①

"哲人们"（Sages）：指古
希腊哲学家毕达哥拉斯
（Pythogoras）及其信徒，他
们相信数的和谐，声音的
和谐。

合于欢乐颂，六天内创造出的此世，[①]

从天涯海角发出颂歌，天使闪着光，

将歌声送至天空。正如深渊与深渊，

在山谷中向彼此发出高呼，[②]

一切世界和自然，气氛与节奏都井然，

以赞美，以表达无尽的欢欣，

这些都涌入主宰者上帝耳中。

14.

是一个声音使光出现，[③]

创造了时间，出自泥土、记录时间的人；　　210

一个声音将终结怀疑与模糊的预言，

把生命虚幻的扰动一扫而空。

听见号角声，我们会满心骄傲，

拿起武器，准备战斗流血；

而大天使的嘴唇吹响的号角，

将使坟墓打开，星辰熄灭。

啊，静默！难道人喧嚣的时光，

不过是你生命中的一瞬？

难道音乐，掌管笑与泪的神圣女王

（她有和谐音，恰切的不和谐音符，　　220

共同调节为狂喜的争鸣），

难道音乐也注定是你的奴隶？

不，纵使大地磨灭，苍穹消散，

支撑她是那永不消失的神之语言。

[①]

按照《旧约·创世记》，上帝在六天内创造了世界。

[②]

参见《旧约·诗篇》第四十二章第七节："深渊就与深渊响应"。

[③]

参见《旧约·创世记》第一章第三节："神说：'要有光'，就有了光。"

致 B.R. 海登先生，当看到他画的拿破仑·波拿巴在圣赫勒拿岛^①

海登！让更内行的人赞美你的才能，

它体现在你笔下线条的忠实

和色彩的魅力；而我赞赏的是

那些运思，它们给人真正诗的震动；

那没有任何障碍的空旷与寂静，

天空无云，大海上平静无波；

还有那一个人（他曾妄图奴役全世界），

独自站立在赤裸的高高山顶，

背向我们，双臂交叉，看不见脸；

我们可以想象，在这荒凉的地点，

他脸上会映着已沉落的太阳的余晖，

像他的命运，太阳已西沉；不同的是，

并非永远如此。清白的太阳走它的路，

永恒的日出在他面前一次次轮回。

①

① 作于一八三一年六月。十四行，韵脚格式：*abbaaccaddeffe*。拿破仑在滑铁卢战败后，被流放到南大西洋中的圣赫勒拿岛。

298

拟刻于莱德蒙特家园一石上①

这些美丽的谷地里有许多树，

  因华兹华斯之请而免遭砍伐；

这一块岩石，从建造者的手，

由于某种粗朴的美为它独有，

  也被那一位诗人救下。

就让它安于原处，—— 将来有一日，

  那些站在这里的温柔的人，

会为他发出一声轻轻的叹息，

  他也加入到了逝者之中。

①

约作于一八三一年九月。

韵脚格式：*abccbdede*。莱德

蒙特：华兹华斯在湖区于

鸽居之后的住所。

一只鹪鹩的巢①

鸟儿们精心建造的住宅，
　　在田野里，在森林里，
都比不上小小鹪鹩的巢，
　　它的巢最为惬意。

那幢房屋并不需要门，
　　也很少需要费力的屋顶，
但最炽烈的阳光也晒不到它，
　　它不怕暴雨狂风。

如此温暖，然而如此悦目，
　　完全实现了它的目的，
鹪鹩的这本能，毫无疑问，
　　来自上天的眷顾。

当它们为自己的住房，
　　寻找一个合适的角落，
隐士也没有它们眼光敏锐，
　　善于发现僻静之所。

①
约作于一八三三年三月
至五月。每段韵脚格式：
abcb。

在爬满常春藤的修道院墙上，
　　它们找到的一角隐蔽安静；
别的鸫鹩在小河边的山坡，
　　倾斜的山坡保护着它们。　　　　　　20

雌鸟在那里孵蛋，雄鸟向她
　　时不时低声唱清澈的歌；
而整日里向这两只鸟歌唱的，
　　是那条忙碌的小河。

或者它们筑巢在幽僻小径，
　　在那疾飞的鸟归来前，
它的蛋安放在鸟巢中，
　　如同圣物在古瓮里面。

但是，当大家的选择都很好，
　　仍然有更好和最好；　　　　　　　　30
最美妙的事物中总有一些，
　　比其余的更加美妙。

一只小鸫鹩就证明了这一点。
　　在一处蓊郁的树荫下，
从一株修剪过的橡树额头，
　　枝叶像鹿角一样生发。

那雌鸟筹划了这苔藓的小屋，
　　它怕自己未必周全，
于是它求助于一株报春花，
　　来实现它的心愿。

在树干向外突出的高高额头，
　　比花蕾高一只婴儿手的距离，
那鸟巢隐约可见，这树林中，
　　它无疑最为美丽。

我自豪地把这珍宝指给几个人，
　　他们对一些哪怕微小之物，
也并不轻视；但有一次，
　　我仰望它，它却不在那里。

它不见了 —— 被人无情掠夺，
　　那人不在乎美，爱，歌声。
它似乎不见了！我们悲伤，
　　对这暴行义愤填膺。

就在三天后，光线更分明，
　　我经过那苔藓小屋，
我看见了它隐蔽的入口，

感到世界安好如初。

是报春花把最大的直立叶片，
　　伸展开来，仿佛面纱；
它就这样善意欺骗了我们，
　　这一株单纯的花。　　　　　　　　　　*60*

你被遮住，也许有的朋友，
　　会打扰你的平静，虽无恶意；
罪恶的眼睛和手触不到你，
　　它们一心野蛮掠取。

休息吧，雌鸟！当孩子们飞走，
　　你可以自由飞翔的时候，
当庇护你的报春花已经枯萎，
　　你从前的家中一无所有；

想一想你和家人曾多么幸福，
　　在这树林（它不曾遭破坏），　　　　　　*70*
你们与那繁茂的报春花为邻，
　　出于先见之明，或者爱。

黄昏即兴曲①

空气芬芳而平静，不愿意失去

白日的和暖，虽然被露水润湿。

找一找星星，你会说并没有一颗；

抬头再看的时候，一颗一颗，

你分辨出了它们，银光闪闪，

你奇怪刚才居然会一无所见。

小鸟们不久前还在树荫里欢歌，

又鸣叫了一阵儿，声音越来越微弱，

现在静默了，如同那些朦胧的花朵。

₁₀ 村子里的教堂大钟那铁的声音，

对时间和季节的影响也不否认；

九下清晰的钟声，前后相续，

仿佛困倦，多么不同于寒冬时，

那时钟声常常给火炉边的听者

送来惊恐，使他们疑惧困惑。

牧羊人决心与太阳一道起身，

白天还没结束他就关了门，

现在他怀着感恩的心爬到床上，

与他幼小的孩子们一起进入梦乡。

₂₀ 蝙蝠从树笼罩着小径的地方飞出，

① 约作于一八三三年四月。

韵脚格式：主要为双行体，有几组三行同韵。

304

在枝叶繁密的林荫道上掠来掠去；

远远能听见夜鹰追逐白色的飞蛾，

那声音嗡嗡然，勤劳者和倦怠者，

都会喜爱那声音，它与二者都相合。

车轮声和马蹄声都已经杳然；

有一条小船，但它将很快靠岸，

它的桨只需再划水一次，那样迟缓；

那微弱的声响，对于最欢乐的人，

也会让严肃的深思占据他一瞬，

那是人劳碌的一天的最后象征！

30

艾尔雷瀑布谷地①

　　　　　　—— 没有一丝风，

吹皱这枝繁叶茂的幽谷深处。

从小溪边缘，树林铺展开来，

一株株树像岩石般稳固；那道小溪，

如从远处滋养着它的群山一般古老，

它没有扰乱这宁静，而是加深了它；

除它之外的一切都纹丝不动。

但是，现在有一阵微风，也许

是从谷地外呼啸的风里逃逸出来，

吹进这里；坚固的橡树不为所动；

然而对它微微的触碰多么敏感，

那株轻盈的白蜡！它悬垂在远处

依稀的山洞洞口上方，仿佛无声，

但枝干缓缓摇荡，轻柔的可见音乐，

几乎像人的歌声一样有力量，

使漫游的人止步，安慰了他的沉思。

① 作于一八三五年九月。素体。艾尔雷瀑布（Airey-Force）：在英国湖区的第二大湖奥斯湖（Ullswater）西侧，"force"是湖区对瀑布的称呼。

致月亮（作于坎伯兰海滨）①

漫游者！你如此低垂，如此靠近于

人类所在的这层不安的空气。

看起来，你仿佛喜欢与夜晚

以及寂静一起，分担不眠人的忧烦。

你透过农舍的窗棂悄悄张望，

庇护最卑微的沉睡者不会受伤。

你那些甜美的名字曾包含多少欢愉，

诗人至今仍以它们来称呼你，

他像从前一样崇拜偶像，耽于梦幻。

而我摈弃它们；在海浪拍打的沙滩，　　10

我独坐着，当此沉思的时候，

我只能称你为"水手的朋友"。

我这样称呼你；你体现上天的眷顾，

以你所赋予的信心，你表露的仁慈，

当没有一颗闪烁的星或灯塔的光线，

能减弱暴风雨夜的种种凶险。

在你的纯洁相助下那些隐形的益处，

也悄然潜入人的心灵和头脑里；

既为那出发去冒险的风华正茂的人，

也为那老水手，他漂泊不定，　　20

①

约作于一八三五年十月。

韵脚格式：主要为双行体，

有几处三行同韵。

他血管里是长期失意的缓慢烧灼，

他的劳碌常常只留下伤痕和虚弱。

　　高耸的群山，蜿蜒的小溪，

夜晚的女皇！都因你的光而欣喜。

你的目光在旷野中弥散开来，

透入到森林里最深邃的所在；

你静静打破大教堂的幽暗，

把苍白的哀悼者引至他亲人的墓前；

你也到了铁窗中的囚徒那里，

他欢迎你，虽然你无言，无法触及。

在浩瀚的大海上，所有那些

往来奔波的人中间，是否有一个，

曾经望着你，在某个寂静时辰，

望见你高踞于宝座，执掌无上权柄，

或者一带带云霭从你面前过去，

也染上你的光，虽将一部分光遮蔽；

有时在你的力量下他难道不觉得，

可以唤起一些白日里遁藏的思索，

是它们使严肃的人更胜于活泼者？

　　可爱的月亮！你的光柔和如此，

如果你（当然并非出自你本意）

使被癫狂打击的大脑更加癫狂，[1]

[1] 西方古代认为疯狂与月亮有关。

308

让我坚守一种可为补偿的信仰，

那就是：你能触动每个人心中

一个敏感的部分，温柔的部分，

以治愈创伤，以安抚。—— 但是，

就如无论微澜还是巨浪都服从于

你的控制，就如浩瀚的海水，

在它最深的深处感受到你的权威，

你的面庞也这样以特别的仁恩，   50

照着在大海的平原上航行的人，

当船向正前方犁出道路。最粗鲁者，

也会伫立，当他远离了家国，

直到久久的凝望模糊了双眼，

或者他无言的欢喜终结为一声长叹。

你的平静喜悦在他身上产生共鸣，

一些内在之光，为他的回忆所珍重，

或者一些幻想萌生，安慰他的胸臆，

当他疲于自己每日分得的尘世焦虑，

那些轻轻的唤醒，温柔的来访；   60

一种很少有人会说起的仁慈影响，

虽然它能让泪水打湿最坚硬的脸庞。

当你的美在幽暗的洞穴里隐匿，

埋葬在它每一个月的坟墓里，

那时，当水手在辽阔的大海，

顺风吹着他，他的思绪自由无碍，

他在甲板上徘徊 —— 也许不见一颗星，

只除了前进的航船自己的灯，

在那苍茫的漫漫长夜里独明，

你的形象常常会融入他的沉思，

你尖尖的角在他心灵的眼中升起，

月亮，你仍是水手的朋友，当此之时！

"为纪念一位最亲爱的善良的人"①

为纪念一位最亲爱的善良的人，
这块石头是神圣的。他躺在这里，
远离那都市，他在那里第一次呼吸，
长大，受教育，谦卑地维持着生计；
职责将他束缚于商人桌前的那些
严苛劳碌。那些事务常常仿佛
嘲笑他的精神，想到时间这样度过，
他不免沮丧，但他得到了丰厚报偿；
稳固的自立，它是慷慨大度之父；
温情，阳光般和煦，空气般自由；　　　　10
当宝贵的闲暇时光到来的时候，
知识与智慧，来自与书籍的
甜美交流，或当他走在拥挤的街道，
带着敏锐的眼睛，满溢的心：
就这样天才战胜了仿佛不公的命运。
他的天才在创作中倾吐真理，其灵感
是多思的爱 —— 带来笑与泪的有力作品。
就如同闪电在山顶周围游戏，
他的幽默，不羁的本能机智，
也天真地嬉戏，仿佛从某一片　　　　　20

①

作于一八三五年十二月。
素体。一八四五年之后题
目改为《作于查尔斯·兰
姆死后》(Written After the
Death of Charles Lamb)。
查尔斯·兰姆 (1775—
1834)：英国作家，长期供
职于东印度公司的伦敦总
部。他的姐姐玛丽·兰姆
(Mary Lamb, 1764—1847)
亦为作家，有间歇性发作
的躁狂抑郁症。一七九六
年，玛丽在病情发作时杀
死了母亲，之后查尔斯一
直未婚并照顾姐姐。

充满严肃同情的云中闪现出来，

还有他的言谈中一切生动的电光。

他的名字来自田野所养育的

最为温和的生命，这名字，

在一切矗立着基督教圣坛的地方，

都是神圣的，是柔顺与纯洁的象征。①

如果说在他身上，柔顺有时会坍塌，

因遭受奇特的事端而难以坚持，

那些围绕他一生的诸多奇特事端，

30 但在他的存在的核心，仍居住着

一个因顺从而变得神圣的灵魂。

如果说他常常自我谴责，并觉得，

天真纯洁并不属于我们人类，

但有一个力量从未离开过他，

那就是慈悲，它能抵消许多种

罪过，也足以抵消他的罪过，

使他免于来自公正上天的严厉审判。

啊，他是好人，如果有过一个好人！

这些朴素诗句出自我沉思的头脑，

40 一颗悲伤的心，它们怀着热望，

虽只是渺茫的希望，希望自己

能护卫他宝贵的骨灰，是他的美德

激发了这些诗行。但这希望落空了，②

①

"兰姆"（*Lamb*）本意为"羔羊"。

②

华兹华斯本想为兰姆在石上刻写墓志铭，但因诗太长而放弃。

因为，真实所提出的许多迫切要求，
从一支颤抖的笔无法得到满足。
但是也许，当这篇不完整的记录
被付诸纸上，它会长存而不受责备，
只要我的诗将呼吸到空气，留在
人们的记忆中，或者看到爱的亮光。

你曾经不屑于田野，我的朋友！   50
但这更是表象而非真相；我的灵魂，
从田野高山，转向你在乡间的墓地，
我的已得到抚慰的灵魂停留在
它未被践踏过的青草，盛开的花朵；
我的灵魂发出声音，它将说起
（尽管仍对这话题的圣洁感到敬畏，
怯懦些的词语不敢对此妄加触碰）
那姐弟之爱，它由天堂点燃的灯，
从童年到成年，直到你六十岁的
最后岁月，直到你的最后一小时，   60
持续燃烧，灯光越来越明亮，
这灯置于你心里。

                      男子与男子之间
所建立的爱，曾经"奇妙非常，
过于妇女的爱情"；男子与他的伴侣，[①]
在由上帝所缔结的牢固婚姻中，

①
参见《旧约·撒母耳记下》
第一章第二十六节。

313

培育出一种爱的精神，爱的灵魂，

没有它的幸福眷顾，那乐园

就不会是乐园，大地现在就将①

一片荒芜，在那里，人形的生物，

野兽中最可怕的，将在恐惧中游荡，

70　没有欢乐和安慰。我们的岁月流驶；

让那样的人悲伤吧，他只能悲伤，

如果他是一株榆树而没有自己的藤，

没有她一串串慈悲的灿烂嫁妆；

它们本会依依缠绕着他的枝干，

使他丰盈，给他装饰。你没有得到

这种丰盈和这种装饰，但你得到了

一个姐姐（你比她晚出生，毋宁说，

你是她得到的礼物）——"姐姐"一词，

80　我是嗫嚅着说出的，因为她仍然在世，

那温顺者，自我克制者，永远善良者；

在她身上，你的理性，智性的心灵，

为所有兴趣，希望，关怀，为一切

使人变得温和，仁慈，神圣的力量，

未予你的，或你因她而不去求取的，

都得到了丰盛的补偿。

　　　　　　　她的爱，

（怎样的脆弱让我的声音在此

说出这一点？）如同母爱；当岁月

314

使一个少年长大成人，召唤

那一直被保护的人去承担起   90

保护者的角色，母子般的最初纽带

从未解开；不论它可见还是无形，

它不曾磨灭，而与生命交织在一起。

就这样，在一个动荡的世界，

他们两个人一起见证着时间

和季节的变迁 —— 一棵双生树，

从一个根中生出两株相依的树干。

他们就这样 —— 本来他们可毕生如此，

在同一中，在分别中，只是如此，

然而最高的神有另外的安排。   100

但在所有灾难，所有考验中，

他们仍保持忠诚；如同两条船，

从同一海岸出发，探索同一海洋，

彼此相助，扬帆而行 —— 忠于

彼此间的同盟，当无情的风，或者

极地的一块块浮冰或坚冰允许。

但是让我们，让我和你的灵魂，

无言的看不见的朋友！让我们转向

那些宝贵的间歇时段，它们并非罕见

或短促，当你们一起从纷杂的交往中   110

主动退出，你们知道了这一点：

对已经过去了的痛苦的回忆，

和对未来不幸的巨大恐惧（这恐惧

常不离那回忆左右，如一个病孩子

不离开自己的母亲），二者都会

丧失威力，无法扰乱现在的幸福，

珍贵的幸福；内在之物与外在之物，

维持着这样稳定的平衡，心灵

承认上帝的恩典，感到他的慈悲，

120　在深沉的感恩中归于宁静。

啊，这平静的隔绝是神所赐！

隐士兢兢业业地祈祷和赞美，

天堂的希望每天滋养着他，

他在发愿中是快乐的，怀着爱意

而终生独身；但对你们的灵魂而言，

同时也对其他人的思考而言，

仿佛要美好一千倍的，是你们

二人共享的孤独。那神圣的纽带

断了；但何必悲伤？因为时间只是

130　暂时保管它的那一半，直到欢乐

将人引向那没有分离的幸福之世。

有感于詹姆斯·豪格之死[①]

①

作于一八三五年。每段韵
脚格式：abcb。此诗依次悼
念的人是：詹姆斯·豪格
（James Hogg，1770—1835）：
苏格兰诗人与小说家，他
出生在埃特里克（Ettrick）森
林地区，早年曾牧羊；沃
尔特·司各特：苏格兰诗
人与小说家；柯尔律治；查
尔斯·兰姆；乔治·克雷
布（George Crabbe，1754—
1832）：英格兰诗人；菲利希
娅·赫曼斯（Felicia Hermans，
1793—1835）：英国诗人。

②

华兹华斯一八一四年九月
探访亚罗的时候，"埃特
里克牧人"豪格与他一起；
一八三一年九月他再次探
访亚罗时，"边境诗人"司
各特与他们一道。

③

司各特埋葬在Dryburgh Abbey。

当我从旷野上走下来，
第一次看到亚罗河流淌，
顺着一个赤裸的开阔山谷，
那埃特里克牧人为我指引方向。

上一次我漫游在亚罗河边，
穿过秋叶飘零的树林，
金色的叶子落在小径上，
为我引路的是那位边境诗人。[②]

那伟大的游吟诗人不再呼吸，
长眠于朽败的废墟之间；[③]
死亡合上了那牧羊诗人的眼睛，
在亚罗河陡峭的岸边。

流年走过一个个星座，
在稳定的轨道上未完成两周，
自从柯尔律治的一切尘世力量，
都冻结在它奇异的源头。

10

那迷醉者生着神一般的前额，
那目如天空者睡在了土里。
兰姆，那风趣而温柔的人，
20　也已从他寂寞的火炉边消失。

如同刮削着山顶的云，
或者无人能阻挡的海浪，
多么快，兄弟追随着兄弟，
从阳光中到了那黑暗之乡！

但我的眼睛从婴儿的沉睡中，
比他们更早睁开，我仍在世，
我听见一个怯弱的声音问道：
"谁将下一个倒下，消失？"

我们傲慢的人生以黑暗加冕，
30　就如同伦敦笼罩着浓烟，
我曾与你一起眺望它，克雷布！
从汉普斯特德微风徐徐的荒原。①

你离开仿佛只是昨天的事情，
你也走在了我前面。但是，　　　　　　　　　　①
如果成熟的果实被应季摘取，　　　　　　　汉普斯特德（Hampstead）：
脆弱的幸存者为何发出叹息？　　　　　　　在伦敦北部。

318

然而哀悼那圣洁的灵魂吧，

她春天般美好，大海般深沉，

当她的夏日还没有消残，

她也沉入没有呼吸的睡梦。①   40

不再是古老而浪漫的悲哀，

为了被杀的青年，苦恋的女郎！②

更锐利的悲伤击中了亚罗，

埃特里克痛悼其诗人的死亡。

①

指菲利希娅·赫曼斯。

②

亚罗河谷是一些边境故事
发生的地点，参见《探访
亚罗》一诗。

致一位画家①

人们都称赞你描绘得多么逼真，

但为我作画是一件没有益处的事；

我并不向时间带来的变化屈从，

而是凭借记忆的习惯之光来注视 ——

我看见清澈的眼睛，花朵不会凋零，

还有微笑，它们不会离开诞生处，

消逝到那鬼魂与幻影的国度。

看到此画，我对一切都不认同。

如果你能够回到遥远的当年，

或有我的内心之眼（我胡思乱想），

那时，只有那时，画家！你的创作，

才能满足大自然的那些视觉力量，

不论是什么出现在普通人眼前，

那些力量在一颗忠心里拥有其帝国。

①

① 作于一八三九年十二月至
一八四〇年三月。十四行，
韵脚格式：*abababbacdedce*。
诗中的画指玛格丽特·吉利
斯（*Margaret Gillies*, 1803—
1887）所画的玛丽·华兹
华斯肖像。

关于同一主题①

虽然当我第一眼看到这幅作品，

我感到错愕，现在我对它久久凝视，

看到了它的真实，以认可的眼睛。

啊，亲爱的人！是我对不起你，

我意识到幸福，但对于它来自何处，

却一直不留意，而我现在已经了然。

清晨变成正午，正午变成傍晚，

老年也同样受欢迎，正如年轻时，

同样受欢迎，同样美 —— 事实上，

比年轻时更美，因为它更为神圣：　　　10

由于你的美德，你的全部善良，

从不忧郁，由此而来的永恒青春；

由于你宽广的心灵，谦恭的头脑，

把未来，现在，过去熔为同一神貌。

①

作于一八三九年十二月至

一八四〇年三月。十四行，

韵脚格式：*ababbccbdedeff*。

"从一道向外突出的山岭（它的底部）"①

从一道向外突出的山岭（它的底部，
是我们曲折的深谷）耸起两块巨岩，
彼此相伴，被石楠覆盖，较高的一座，
也并非高不可攀；但两处都可俯瞰
湖水溪流，高山，鲜花盛开的草地，
那里展开的风景是人眼见过的
最为美丽的风景。彼此扶助着，
向那两座高峰中的一座或另一座，
两位爱冒险的姊妹曾惯于攀登；
她们从那里眺望时会忘记了时间，
以开花的石楠为榻，她们并肩眺望，
无言地赞叹。对于她们宁静的欢乐，
我曾是见证者，也常常是分享者。
我心怀感激，为这两处峻高的所在，
分别以这两姊妹的名字命名。
现在她们分开了，若死神冰冷的手，②
能够分开那些像她们从前一样
深爱彼此的灵魂。你们相似的高峰——
当人类中的一个又一个世代，
前后相随，走向时间的深渊里

① 作于一八四五年六月。素体。诗中人物指玛丽·华兹华斯和她的妹妹莎拉·哈钦森。

② 莎拉·哈钦森于一八三五年六月二十三日去世。

322

他们的隐匿之处，你们独有特权，
自身一直美丽，且俯瞰到美景，
这丰厚的馈赠；请你们相助，
为谦卑的玛丽，沉默的莎拉之故，
让她们在自然中的纯粹欢乐永存，
世世代代，在融为一体的记忆中。

诗题

索引

（以第一行为诗题者，加双引号以示与普通诗题有别）

A

我孤独地漫游，如一朵云：
华兹华斯抒情诗选

C

D

我孤独地漫游，如一朵云：
华兹华斯抒情诗选

E

F

G

H

I

我孤独地漫游，如一朵云：
华兹华斯抒情诗选

J

L

我孤独地漫游，如一朵云：
华兹华斯抒情诗选

N

O

我孤独地漫游，如一朵云：
华兹华斯抒情诗选

T

我孤独地漫游，如一朵云：
华兹华斯抒情诗选

我孤独地漫游，如一朵云：
华兹华斯抒情诗选

U

W

𝒴

译后记

　　本书为拙译《华兹华斯叙事诗选》（人民文学出版社2018年版）的姊妹篇，是同一种工作的继续。在《华兹华斯叙事诗选》中收录了《废毁的农舍》《兄弟》《彼得·贝尔》等叙事名篇，本书则集中翻译华兹华斯的抒情诗。

　　华兹华斯（William Wordsworth, 1770—1850）在英国文学史上的经典地位自不待言。曾任美国比较文学学会会长的哈佛大学教授大卫·达姆罗什（David Damrosch）以华兹华斯作为他的"超经典"（hypercanon）概念的例子。[1]"超经典"指那些无论学

①

David Damrosch, "World Literature in a Postcanonical, Hypercanonical Age," in Haun Saussy ed., *Comparative Literature in an Age of Globalization*, Baltimore: The Johns Hopkins University Press, 2006, p.47.

我孤独地漫游，如一朵云：
华兹华斯抒情诗选

界风云如何变幻，其经典地位保持不变的作家，新的阐释路径只是强化了他们的经典地位，比如莎士比亚、华兹华斯。达姆罗什以数据和图表分析了二十世纪六十年代以来，美国现代语言协会（MLA）书目中对英国六大浪漫派诗人（布莱克、华兹华斯、柯尔律治、拜伦、雪莱、济慈）的研究成果数量，发现不论占主导地位的批评理论是什么，对华兹华斯的研究一直遥遥领先，甚至越来越拉大了与其他人的距离，而拜伦则始终处于六人中的最下风。

此译本吸取了华兹华斯研究的近期成果，主要体现为对早期版本的重视。华兹华斯一生孜孜不倦地对自己的诗"修修补补"（tinkering），然而其实他后期的能力有所下降，后来的许多修改常常是把之前的作品"改坏了"。本书所选诗作，主要出自华兹华斯十年创作高峰（1797—1807）的几本最重要的诗集：1798年版与1800年版的《抒情歌谣集》（*Lyrical Ballads*）；1807年的《两卷本诗集》。所选其他诗作也基本依照其最初发表版本。作品大体按创作时间排序，庶几勾勒出其题材和诗风的发展轨迹。译者参照了多种版本，包括康奈尔大学出版社已出齐的多卷本华兹华斯全集；*Wordsworth: The Major Works*（Stephen Gill 主编，牛津大学出版社1984年版）；*The Poems*（John Hayden 主编，耶鲁大学出版社1977年版）；*The Poetical Works of William Wordsworth*（E. De Selincourt 与 Helen Darbishire 主编，牛津大学出版社1940—1949年版）。

译者严守忠实的原则，韵脚格式和诗行长度力求体现原作风味。当然，这些还属于视觉和听觉层面。对华兹华斯的翻译有赖于对其风格的理解。华兹华斯是朴素而不鄙俚的，虽常写貌似平凡之事，但从中见出的并非琐碎庸常，而恰是其不平凡。他"温柔敦厚"，对他人、对微小的自然物，都充满怜惜与悲悯。他有善感而非脆弱的心灵，有一双敏锐观察的眼睛。他虽然有时不免于浪漫派的自恋，但他爱亲人，爱朋友，愿意付出。他在诗中不避人生的困惑与痛苦，而常能找到自救的办法。英国哲学家密尔（J. S. Mill，1806—1873）就称自己在心灵危机中时，从华兹华斯的诗里得到许多安慰。译者希望能传达华兹华斯作品的这些方面。

本书的翻译工作接近尾声时，正值新冠肺炎在全球肆虐，世界动荡不安，每天，甚至每个小时都不同。在这样的时候，诗显得尤其奢侈，也尤其宝贵。于此时的我，华兹华斯的诗如同暴风雨中的一间小屋。他在自己的痛苦中挣扎自救，我们何尝不是。译者自己也写诗。华兹华斯证实了诗的永恒力量，但愿在拙译中尚能窥见那种力量。

译者

2020年夏于北京大学

我孤独地漫游，如一朵云：
华兹华斯抒情诗选